Mitgefahren

Abenteuerliche Erlebnisse in fremden Autos

Autor Peter Walbrun

Das Auto

Ein Auto hat vier Räder für gewöhnlich
Wären es nur drei! Das geht eigentlich gar nich(t)

Sind es gar nur zwei Räder, hinten und vorne eins
Wäre es dann noch ein Auto? Ich glaube keins

Bei einem Rad! Ist es dann noch ein Auto?
Sicher nicht mehr
Drum lassen wir es bei vier, dass passt besser
zum Strassenverkehr

Ein Auto hat einen Fahrer, oftmals auch eine Fahrerin
Vor allem letztere fahren mit Verstand und Sinn

Doch auch viele Männer können fahren ganz gut
Wobei manchmal da packt mich schon die Wut

Da fahre ich arglos bei jemanden mit
Und dann macht so ein Typ einen Teufelsritt

Mit hundertachtzig übers Land, dicht aufgefahren,
oh Schreck
Das macht ihm nichts aus, ruft er mir zu
ganz keck

Mir schon und Angstschweiss legt sich auf
meine Stirn
Bei der nächsten Mitfahrt suche ich mir besser
jemand mit Hirn

Doch eigentlich ist so eine Mitfahrt eine tolle Sache,
umweltschonend, lustig, interessante Gespräche,
ich bin nicht nachtragend, keine Rache

Vorwort

Sie kennen das! Ein Freund oder eine Bekannte bietet Ihnen an, ein Stück mitzufahren, da man die gleiche Strecke fährt. Was nun im kleinen Bekanntenkreis und zumeist auf kurzen Strecken gut funktioniert, sollte doch auch in einem größeren Umfang möglich sein. So dachten auch findige Leute und gründeten im Internet Portale, die Mitfahrgelegenheiten anbieten. Eine Auswahl dieser Portale finden Sie am Schluss dieses Buches.

Nun ist es möglich, dass fremde Menschen, die sich vorher noch nie gesehen haben, für eine bestimmte Zeit eine längere Strecke von oftmals mehreren hundert Kilometern gemeinsam zurücklegen können. Und beide profitieren davon. Der Fahrer bekommt einen bestimmten Betrag von den Mitfahrern, mit dem er einen Teil seiner Spritkosten decken kann. Wenn zwei oder drei Leute mitfahren, hat der Fahrer die ganzen Ausgaben für die Spritkosten oftmals wieder hereingeholt. Ausserdem muss der Fahrer die Strecke nicht alleine zurücklegen, sondern hat zumeist angenehme Gesprächspartner. Der große Vorteil für die Mitfahrer liegt darin, dass solche Mitfahrten unschlagbar günstig sind.

Ich gebe Ihnen ein Beispiel: Angenommen Sie wollen bei jemanden mitfahren, der von Dortmund nach München fährt. Das sind etwa 600 Kilometer. Da bei Mitfahrten in der Regel für je 100 Kilometer sechs Euro berechnet werden, wären das für 600 Kilometer 36 Euro. Jetzt fahren Sie mal mit dem Zug die gleiche Strecke für 36 Euro. Wenn Sie das hinbekommen, dann Gratulation. Das einzige Verkehrsmittel, das annähernd an solch günstige Preise kommt, ist der

Fernbus, auf den ich aber jetzt nicht näher eingehe, da ich in diesem Buch nur die Mitfahrgelegenheit in Privatautos betrachte. Da es eben extrem günstig ist, finden sich auf den Mitfahrplattformen viele, die Fahrten anbieten oder die bei jemanden mitfahren wollen. Ich selbst nutze diese Mitfahrgelegenheiten seit etwa acht Jahren und im Laufe der Zeit lernte ich die unterschiedlichsten Menschen kennen. Gewöhnliche, Schräge, Lustige, Ernste, Alte, Junge, Dicke, Dünne, Lange, Kurze, Gesprächige, Stumme. Ebenso hörte ich von diesen Menschen teils banale, teils kuriose, teils philosophisch angehauchte Geschichten und vom Auto aus sah ich manchmal ungewöhnliche Begebenheiten. Irgendwann begann ich all das aufzuschreiben. Daraus ist dieses Buch entstanden. Ich kann Ihnen versichern, dass sich alles so ereignet hat, wie ich es nachfolgend schildere. Wobei, eine einzige Geschichte habe ich frei erfunden. Vielleicht erraten Sie diese Geschichte und wollen dies mir mitteilen. Das können Sie gerne tun unter p.walbrun@gmx.ch.

Wichtiger Hinweis

Im Vorwort habe ich bei den Begriffen <Fahrer> und <Mitfahrer> stets nur die männliche Form benutzt. Selbstverständlich gibt es bei Mitfahrten auch <Fahrerinnen> und <Mitfahrerinnen>. Die ausschliessliche Benutzung der männlichen Form soll hier ausdrücklich keine Diskriminierung des weiblichen Geschlechtes bedeuten, sondern es dient einfach dazu, dass der Text runder gelesen werden kann. Dies gilt auch, wenn ich in einer nachfolgenden Geschichte vom <Schweizer> spreche. Selbstverständlich sind damit auch <Schweizerinnen> gemeint. Darüber hinaus beziehen sich die Begriffe <Schweizer> oder <Schweiz> auf die deutschsprachige Schweiz, da sich meine Erfahrungen auf dieses Gebiet beschränken.
Bei allen Erlebnissen habe ich selbstverständlich die Namen aller beteiligten Personen geändert, um den Persönlichkeitsschutz zu wahren.
Ich wünsche Ihnen jetzt angenehme Lesemomente.

Peter Walbrun

Kölliken / Schweiz, April 2020

1 Nervenkitzel

Als Treffpunkt diente eine Bushaltestelle am Stadtrand von Regensburg. Ich war pünktlich, mein Fahrer nicht. Das würde erste Abzüge in der Bewertung geben. Zur Erinnerung: Mitfahrer dürfen Fahrer bewerten (Freundlichkeit, Pünktlichkeit, Sauberkeit, Fahrstil usw.) und umgekehrt. Dann eine SMS vom Fahrer. „Komme drei Minuten später!" Okay, wenigstens eine Nachricht, dass er später kommt. Aus den drei Minuten werden fünf, dann zehn. Nichts! Wo blieb mein Fahrer? In Memmingen wartete mein Anschluss. Mein Zeitpolster schmolz zusammen.

„Hallo, ich bin Bettina, die Freundin von Roman. Du fährst mit uns mit, oder?" Eine junge Frau mit wasserstoffblonden Haaren sprach mich an. „Mein Freund kommt gleich." Na hoffentlich, dachte ich leicht säuerlich und antwortete höflich. „Okay, kein Problem." Dabei würde es für mich sehr wohl ein Problem werden, wenn er jetzt nicht bald auftauchte. Wir überbrückten die Wartezeit mit einem kurzen Smalltalk über Belangloses. Währenddessen verstrichen weitere wertvolle Minuten, aber es kam kein Auto.

Ihr Deutsch hatte eine spezielle Dialektfärbung, die darauf hinwies, dass sie nicht aus dieser Gegend kam. Aber woher kam sie dann? Schweiz? Sollte ich ja eigentlich wissen. Immerhin lebte ich schon lange Jahre bei den Eidgenossen und das spezielle Schweizerdeutsch war mir mittlerweile sehr vertraut. Ich konnte sogar schon unterscheiden, ob jemand aus Graubünden, aus St. Gallen, aus Bern oder aus dem Wallis kam. Nein, das Deutsch klang nicht nach Schweizerdeutsch. Österreichisch? Nein, nicht so niedlich, eher eine Nuance zu grob. Als ob der Dialekt aus einer Ge-

gend stammte, die von Bergen eingeschlossen war und sich ausserdem zwischen zwei verschiedenen Sprachen, wie ein Sandwich eingeklemmt, befand. Schliesslich outete sie sich selbst. Südtirol ist ihre ursprüngliche Heimat.
Ein weisses Auto, dessen Marke aus dem Land der aufgehenden Sonne stammt, näherte sich und hielt gleich darauf neben uns an. Endlich! Mein Fahrer war da. Mittlerweile waren fast zwanzig Minuten verstrichen. Ein smarter Typ mit modischer Kleidung, dem irgendwie anzusehen war, dass er Arzt werden will – wahrscheinlich kam ich zu dieser Annahme, weil sich hinter der Bushaltestelle das Uniklinikum befand – stieg aus dem Auto. Das Paar begrüsste sich. Sie umarmten sich innig und schmusten. Ach wie schön ist doch die Liebe, dachte ich still vor mich hin. So rein, so tugendhaft, so unschuldig, aber in diesem Moment so unpassend, zumindest für mich. Leute, ich gönne euch euer Glück von Herzen, aber jetzt wird es höchste Zeit, sonst ... Ich verbot mit weiter zu denken.
Das Paar machte keine Anstalten sich zu lösen. Im Gegenteil. Sie berührten sich intensiver als vorher und liessen ihre Hände über Körperteile gleiten, die auf der nackten Haut glatt als Aufforderung gelten könnten, dass man zum Äussersten gehen will. Zum Glück lagen edle Stoffteile zwischen Händen und Haut. Wenn ihr so weiter macht, sehe ich meine Mitfahrt ab Memmingen ernsthaft gefährdet. Sollte ich die Turteltauben trennen? Würde beim Fahrer keinen guten Eindruck hinterlassen. Menschlich, bewertungstechnisch ... Ich verwarf meinen Gedanken. Aber mein Zeitpolster schmolz weiter. Nur noch fünfzehn Minuten Puffer. Die Strecke hat einige Staustellen. Da ist eine Viertelstunde schnell dahin. Meine Gedanken wurden schwermütig, um nicht zu sagen niederschmetternd. Fahrer in

ACH WIE SCHÖN IST DOCH EIN KUSS, ABER GERADE ZIEMLICH UNPASSEND. LEUTE, JETZT MACHT MAL VORWÄRTS MIT EURER LIEBESBEKUNDUNG, SONST VERPASSE ICH NOCH MEINEN ANSCHLUSS.

Memmingen sauer oder Anschluss gleich ganz verpasst, schlechte, um nicht zu sagen miserable Bewertung in der Mitfahrcommunity, lebenslange Ächtung. Mein so mühsam erarbeiteter Ruf als seriöser Mitfahrer war endgültig und unwiderruflich dahin. Das Paar hatte Erbarmen mit mir. Sie lösten sich schweren Herzens. Ich wurde von ihm begrüßt und dann stiegen wir alle ins Auto. Wir waren dann bald auf der Autobahn Richtung München. Hoffentlich fährt er so leidenschaftlich schnell, wie er gerade leidenschaftlich seine Freundin geküsst hat. Meinen Gedanken setzte er vorbildlich in die Tat um. Wir kamen zügig voran. Das Paar unterhielt sich über irgendetwas. Ich war still und hörte ihre Stimmen. Doch das, was sie sagten, interessierte mich in diesem Moment herzlich wenig. Meine Gedanken äusserten vielmehr die Hoffnung, dass wir weiterhin so schnell vorwärtskommen. Nach einer Weile hatte ich das unbestimmte Gefühl, dass wir ein paar Minuten reingeholt hatten.

Dann der Supergau: Stau. Kurz vor München ging nichts mehr. Alles stand. Wir auch. Die Sekunden verrannen und füllten irgendwann eine Minute. Wir standen immer noch. Da! Das Auto bewegte sich einige Meter vorwärts, doch gleich darauf wieder Stillstand. Die vorhin reingeholte Zeit war längst aufgebraucht. Wieder ein paar Meter vorwärts, dann stockte es wieder. So ging das die nächsten Minuten. Jetzt war alles aus. Ich gab mir insgeheim das Versprechen, dass ich nie wieder eine Anschlussmitfahrt buchen würde. Entweder die ganze Strecke im gleichen Auto mitfahren oder gleich den Zug nehmen. Genau diesen Entschluss nahm ich mir fest vor. Irgendwann, nach einer gefühlten Stunde, die wir im Stau standen und an dessen Ende wir nicht einmal wussten, was die Ursache dafür war, ging es wieder problemlos weiter. Zum Glück hatte ich einen flotten Fahrer erwischt. München lag jetzt hinter uns und wir fuhren Richtung Allgäu. Der Fahrer gab richtig Gas, aber es würde nichts nützen. Wir würden zu spät nach Memmingen kommen. Das Navi am Armaturenbrett zeigte noch 50 Minuten bis zum Ziel. In 30 Minuten wollte aber der Fahrer in Memmingen schon weiterfahren. Das schaffen wir nie, dachte ich niedergeschlagen. Ein Ding der Unmöglichkeit. Angstschweiss bildete sich auf meiner Stirn. Starr und verzweifelt schaute ich auf die Anzeige des Navis, bis es einschlug. Nicht ins Auto, aber umso heftiger in meinem Oberstübchen. Moment, kam es mir in den Sinn, der Zielort vom Fahrer ist Lindau, nicht Memmingen. Also bezogen sich die 50 Minuten auf Lindau und da – wenn man von München Richtung Lindau fuhr – vorher Memmingen lag, war alles wieder okay. Puh! Nochmal Glück gehabt. In null Komma nichts verflogen meine Zweifel und ein Lächeln schlich sich auf meine Lippen. Übrigens: In Memmingen hatte ich sogar noch zehn Minuten Puffer bis das nächste Auto kam, das mich weiter mitnahm. Aus dem Auto stieg ein Mann mittleren Alters mit Pferdeschwanz aus, der… aber das wäre eine neue Geschichte, die ich später vielleicht mal erzähle.

2 Mädchen, darfst du denn schon Auto fahren?

Irgendwo in Süddeutschland. Als Treffpunkt war eine Tankstelle vereinbart. Ich achtete auf einen weissen Mazda. Statistisch gesehen ist jedes sechste Auto weiss. Nur grau und schwarz sind als Autofarbe noch häufiger. Egal. Weiße Autos sah ich zuhauf. VW, Audi, Opel, Toyota, Renault, BMW und sogar einen Lamborghini. Bei dem werde ich wohl kaum mitfahren dürfen, dachte ich und schaute dem beeindruckenden Heck des Sportwagens mit dem gewaltigen Heckspoiler, der Vierrohrabgasanlage und den extremen Breitreifen hinterher. Das Auto bog auf die Hauptstrasse ein und ein kurzer Tritt auf das Gaspedal liess die Luft vibrieren und den Geräuschpegel kurzzeitig ins Ohrenbetäubende anschwellen. Dann war es auch schon weg. Ich richtete meinen Blick wieder auf das Tankstellengelände und die gewöhnlichen Autos und sah kurz darauf einen weißen Mazda an die Zapfsäule fahren. Was für ein Glück ich doch hatte! Alles klappte wunderbar und meine Mitfahrgelegenheit war sogar vor der vereinbarten Zeit da. Eine Frau stieg aus. Ihr mittellanges graues Haar zeigte die fortgeschrittene Reife ihres Alters. In der Beschreibung auf der Webseite stand etwas von einer sechsundzwanzigjährigen Fahrerin. Na, dass war sie dann wohl nicht, oder hatte die junge Frau ihre Mutter zum Fahren verpflichtet, weil sie selbst verhindert war, aber das Geld brauchte. Um auf Nummer sicher zu gehen, sprach ich die Frau an. „Entschuldigen Sie, fahren sie in die Schweiz?“ Sie schaute mich stirnrunzelnd an und meinte in einem spöttischen Unterton: „Junger Mann, schaue ich so aus als hätte ich zu viel Geld! Die Schweiz ist doch viel zu teuer. Wissen sie, ich war

mal vor einiger Zeit in der Schweiz und ging dort zum Essen. Die haben ja dermassen gesalzene Preise, da kann ich hier dreimal zum Essen gehen und hinterher kann ich mir sogar noch einen Campari leisten. Nein, nein, so schnell fahre ich nicht mehr dort hin.“ Nach dieser Belehrung steckte sie den Zapfhahn zurück in die Säule und eilte zur Kasse.
Ich schaute ihr etwas bedröppelt hinterher, obwohl ich wußte, dass sie Recht hatte. Die Schweiz ist ein teures Pflaster. Na wenigstens hatte sie mich, der nun bald 46 wird, als jungen Mann bezeichnet. Ist ja auch schon was wert.
Die Ausschau nach dem richtigen weissen Mazda ging also weiter. Da! Ein weisses Auto bog auf das Tankstellengelände ein. Könnte ein Mazda sein, könnte aber auch ein anderes Fabrikat sein. Heutige Karosserien, ob von japanischen, deutschen, italienischen oder französischen Marken, sehen sich oftmals zum Verwechseln ähnlich. Das weisse Auto fuhr auf den Parkplatz, neben den ich stand. Ich beobachtete die Fahrerin, die hinter dem Steuer sass. Eine junge Frau mit schmalem Gesicht und grosser Brille, deren Kopf gerade so über das Lenkrad ragte. Um genau abschätzen zu können, ob sie richtig in der Parkfläche stand, mußte sie den Kopf etwas nach vorne recken. Der moderne, geräumige Wagen füllte die ganze Parkfläche aus. Sie stellte den Motor ab und stieg aus. Eine zierliche junge, sehr junge Frau mit blasser Haut, einzelnen Sommersprossen im Gesicht und schulterlangen, hellroten Haaren schaute in meine Richtung. Während ich dezent lächelte, ging ich auf sie zu und dachte mir noch: „Na Mädchen, darfst du denn schon Auto fahren und dann gleich so ein Großes.“ Wir begrüßten uns. Gleich darauf wollte sie meinen Ausweis sehen, da es ja eine grenzüberschreitende Fahrt war, die wir gleich unternahmen. Ich fand es eher ungewöhnlich, dass die Fahre-

DIE IST ABER ZIEMLICH JUNG. AUSSERDEM SIEHT SIE KAUM ÜBER DAS LENKRAD.

rin gleich den Ausweis kontrollierte und es nicht dabei beliess, dass sie einfach danach fragte, ob ein Mitfahrer den Ausweis dabeihatte. So zeigte ich ihr meinen Ausweis. Nicht den Deutschen, sondern den Schweizer, den ich seit ein paar Jahren auch besaß. Na wenn sie schon meinen Ausweis verlangte, dann wollte ich ihr doch etwas zeigen, dass sie wahrscheinlich noch nicht oft gesehen hat. Die blauweiße Schweizer Identitätskarte mit weißem Kreuz auf quadratischem rotem Grund, das sich links oben über dem Foto befindet. Nachdem sie ihn ausführlich betrachtete, meinte ich zu ihr eher im Scherz als im Ernst, dass ich dann auch gern ihren Ausweis sehen würde. Zu meiner Verblüffung zückte sie sofort ihren deutschen Personalausweis aus ihrer Geldbörse und gab ihn mir. Ich tat so, als würde ich ihn intensiv betrachten, wobei mich aber in Wirklichkeit nur ihr Geburtsdatum und da speziell das Geburtsjahr interessierte. Tatsächlich, das Jahr ihrer Geburt war 1990, also vor 28 Jahren. Ich gab ihr den Ausweis mit einem anerkennenden Lächeln zurück. Somit waren die letzten ausweistechnischen Unklarheiten geregelt und wir stiegen, nachdem sie meinen kleinen Rollkoffer in dem Kofferraum verstaut hatte, in den Wagen. Schon traditionsgemäss ging ich zur hinteren rechten Tür, öffnete sie und setze mich auf meinen Stammplatz. Ich begrüßte die junge Frau, die vorne auf dem Beifahrersitz sass und machte es mir auf dem Rücksitz bequem. Wenig später waren wir auf der Autobahn Richtung Schweiz.

„Also dei Gschenk für die kloina Lara isch richtig siass. So a schnugglige kloina Schildkret! Und die groasse Kullerauga!“, erwähnte die Fahrerin mit der Brille und den Sommersprossen in einem breiten schwäbischen Dialekt.

„Gell siass. Dia han I zuafällig bei os in onserm kloina Lada gfonda“, antwortete ihr die Beifahrerin im gleichen Dialekt.

Allem Anschein nach kannten sich die beiden Frauen und sie hatten ihr Thema gefunden. Mich beachteten sie nicht weiter.
„Hasch du denn scho a Gschenk zom Geburtsdag von dera Kloina?"
„Du kennsch mi doch. I bsorg so ebbas emmer em letschda Moment."
„Na, viel Zeit hasch du nemme. In zeha Däg isch dr` Geburtsdag."
„I woiss!"
Das Gespräch verstummte. Wahrscheinlich lag es daran, dass die junge Fahrerin sich wieder mehr auf den Autobahnverkehr, der ins Stocken geriet, konzentrieren musste. Wenig später, der Verkehr rollte wieder problemlos, begann die junge Frau wieder mit der Unterhaltung.
„Und du! Was isch mit dir und Andreas? Ihr hand doch Kender wella, odr?"
Die Beifahrerin seufzte.
„I hädd scho gera Kender, aber dr`Andreas?"
„Was", entfuhr es der Fahrerin entrüstet, „Andreas will koine Kender?"
Ich hörte aufmerksam zu. Jetzt schien es interessant zu werden. Doch dann kam der Rückschlag.
„Du, des erzähl` I dir dann a andres Maul."
Schade, dachte ich mir. Jetzt, wo es ins Detail ging, brachen sie die Unterhaltung ab. Irgendwann, bereits auf Schweizer Seite, hielt die Fahrerin an und es stieg noch eine Person zu. Jetzt sassen drei junge Frauen und ein Mann mittleren Alters, nämlich ich, im Auto. Für gewöhnlich nannte man so eine Situation <Hahn im Korb> und manch einer könnte bei dieser Konstellation auf abwegige Gedanken kommen, doch phantasierendes Machogehabe hin, harmloses Süssholzgeraspel her, ich liess den abstrakten Hahn Hahn sein und

döste lieber auf meinem Stammplatz hinten rechts vor mich hin.
Zwei Stunden später, wieder voll wach und der weiblichen Übermacht entrückt, war ich zu Hause. Wobei, zu Hause warteten auch drei weibliche Wesen. Meine Frau und meine beiden Töchter. Doch diese weibliche Gruppierung war mir dann doch bedeutend lieber.
Auch wenn ich die Beifahrerin in meinem Leben wahrscheinlich nie wiedersehen werde, beschäftigte mich dann doch noch eine zwar nicht existenzielle, aber doch sehr interessante Frage: Hat sie mir ihrem Freund heute Kinder oder nicht? Mit einer unbefriedigenden Antwort musste ich einschlafen. Ich weiss es nicht!

3 Guten Appetit

Es war ein Tag vor Silvester. In nicht einmal achtundvierzig Stunden war dieses Jahr vorbei. Mein bester Freund René, ein Schweizer, fuhr mich von meinem Schweizer Wohnort zu einem drei Kilometer entfernten Parkplatz, der sich unmittelbar an der Autobahnausfahrt befand. Dort hatte ich mit einer Frau den Treffpunkt abgemacht, für die Fahrt von der Schweiz nach Bayern.

Ist Ihnen etwas aufgefallen? In den wenigen Sätzen bis hier her habe ich dreimal die Schweiz erwähnt. Warum? Damit ich nicht vergesse, Ihnen etwas über die Schweiz bzw. ihre Bewohner mitzuteilen, was für Sie von Nutzen sein könnte, falls Sie die Absicht verspüren, irgendwann einmal in das Land der Eidgenossen auszuwandern. Ich habe es getan! Ich bin in dieses Land eingewandert. Eher unabsichtlich!

Da war zuerst ein junges Mädchen. Hübsch, intelligent, nett. Sie wurde meine Freundin. Dass sie Schweizerin war, war reiner Zufall. Aus Freundschaft wurde Liebe. Die große Liebe. Doch es gab ein Problem! Nicht menschlich, sondern geografisch. Sie lebte in der Schweiz. Nicht im grenznahen Gebiet zu Deutschland, sondern ziemlich genau in der Mitte der Schweiz. Und ich lebte in Bayern, genauer gesagt Ostbayern. Die Entfernung zwischen uns war weit, aber die Liebe gross. So näherten wir uns mit der Zeit geografisch an (gefühlsmässig waren wir uns schon längst nähergekommen). Irgendwann sind wir dann zusammengezogen. Die erste gemeinsame Wohnung befand sich auf Schweizer Staatsgebiet. Somit auch mein alltägliches Leben. Ein bis zwei Jahre gab ich mir dort, dann wollte ich in mein geliebtes Bayern zurückkehren. Denkste! Aus zwei wurden 20

Jahre. Und das Beste daran ist zweifelsohne, dass ich immer noch mit dem gleichen Mädchen von damals zusammen bin, das schon lange meine Frau ist.
Eine lange, tolle Beziehung zu einer Partnerin ist eine schöne Sache, aber irgendwann will man in der neuen Heimat auch Freundschaften aufbauen. Und gerade das ist in der Schweiz eine zähe Sache. Der Schweizer ist gerne unter seinesgleichen. Am deutlichsten zeigt sich das in der Sprache. Auch wenn jemand aus Basel einen etwas anderen Schweizer Dialekt spricht, als jemand aus St. Gallen, verstehen sich beide und das schweißt zusammen. Doch wenn sich jetzt ein Deutscher mit seinem mehr oder weniger formvollendeten Hochdeutsch in das dialektgefärbte Zwiegespräch von Baslern, St. Gallern oder Zürichern einmischt, dann wird der Schweizer mißtrauisch. Und wenn ein Schweizer gegenüber einem Deutschen mißtrauisch ist, dann hat der Deutsche freundschaftstechnisch schlechte bis sehr schlechte Karten. Wie löst der Deutsche dieses Dilemma? Mit Geduld und Freundlichkeit. So hat es bei meinem anfangs erwähnten besten Schweizer Freund René vier lang Jahre gedauert bis er mich als Freund bezeichnete. Wobei, für ihn bin ich mittlerweile sein bester Kollege! Der Schweizer hat keine Freunde, auch keine Kumpels. Der Schweizer hat Kollegen. Auch nach 20 Jahren, in denen ich in der Schweiz lebe, weiss ich nicht, wieso das so ist und bisher konnte mir das auch von den Schweizern keiner erklären.
Doch zurück zu meiner Fahrerin. Sie war eine junge Frau mit dunkelblonden, langen Haaren. Sie begrüßte mich in einem Hochdeutsch, dass eine bayerische Einfärbung hatte. Wir fuhren los und kamen ins Gespräch. Der übliche Smalltalk von Menschen, die sich zum ersten Mal begegneten. „Wo wohnst du? Wie bist du in die Schweiz gekommen? Wie lange bis du schon hier?“ ... usw.

Als uns der Gesprächsstoff vorerst ausging, hörten wir Radio. Oder war es der CD-Spieler? Egal! Es war auf jeden Fall Jan Böhmermann, den sie hören wollte. Sie möge ihn und höre ihn noch gerne, sagte sie mir. Ob es mir etwas ausmache, wollte sie von mir wissen. Ich verneinte und hörte auch zu. Wobei, ich kann beim besten Willen nicht mehr wiedergeben, was Böhmermann alles sagte. Ich mochte ihn halt weniger. Gut, zur Entschuldigung sollte ich sagen, dass ich bisher nicht viel von ihm kannte. Ich wußte nur, dass er neulich in den Schlagzeilen war, da er den türkischen Präsidenten Erdogan in einem Schmähgedicht ziemlich verunglimpft hatte. Die sich daraus entwickelnde Affäre schlug Wellen bis in die höchsten türkischen und auch deutschen Regierungskreise. Nun gut, sie hörte Böhmermann an. Ich hörte nur halbherzig zu. Irgendwann hatte sie dann doch genug von Böhmermann. Sie drehte ihn weg und Musik an.
Die Fahrt durch die Kantone Aargau und Zürich verlief angenehm. Ob es am guten Fahrstil meiner Fahrerin lag, oder an der staufreien Fahrt durch den über drei Kilometer langen Gubristtunnel und der Nordumfahrung Zürichs, wo es sonst fast immer Stau gab, liess sich nicht genau definieren. Hauptsache, es ging zügig vorwärts. Wir näherten uns irgendwann der Nordostschweiz und sahen die sanften Hügel des Appenzeller-Landes und die industriell geprägten Vororte St. Gallens neben uns vorbeiziehen. Im Radio war ein Schweizer Sender eingestellt, der ein bestimmtes Thema behandelte. Zuerst hörte ich nur Wortfetzen wie <Hunde> <Katzen> oder <Essen>. Meine Fahrerin drehte lauter. Sie hatte schon rein berufsmässig ein Interesse an diesem Thema, da sie Tierärztin war, wie sie mir im Verlauf der Fahrt erzählte. Ich hörte auch interessiert zu, da ich es kaum glauben konnte.

Im Radio sprachen sie jetzt tatsächlich davon, dass es in der Schweiz, vor allem in der Ostschweiz, noch heute Regionen gebe, in denen man Hunde und Katzen esse. Teile der Bevölkerung sei es so gewohnt und es sei in der Schweiz immer noch legal Hunde und Katzen zu essen, solange es die eigenen sind und kein kommerzieller Handel damit betrieben würde. Es wurden Interviews mit Bauern eingespielt, die es auch heute noch für selbstverständlich ansahen, dass man den eigenen Hund oder die eigene Katze töten und verspeisen würde. Obwohl ich schon lange in der Schweiz lebte, hatte ich Mühe, den tiefsten Ostschweizer Dialekt zu verstehen. Noch mehr Mühe hatte ich jedoch damit, mir vorzustellen, einen Hund oder eine Katze zu essen. Ein anständiges Schweineschnitzel, ein saftiges Rindersteak oder ein knuspriger Geflügelschenkel okay, aber ein Hund oder eine Katze? Mich überkam ein Unbehagen. Ekel wäre wohl der bessere Ausdruck. Der Gedanke, ein regionales Hundeschnitzel oder einen Katzenburger zu verspeisen war für mich schon sehr befremdlich. Aber warum eigentlich? Liegt es nicht einzig daran, weil man es nicht gewohnt ist. In manchen Ländern Asiens ist es für die Einheimischen selbstverständlich, einen Hund oder eine Katze zu essen. Dagegen ist es dort ungewohnt, oder sogar verpönt, Schweine- oder Rindfleisch zu essen. Und hier in der Schweiz ist es trotz Legalität für die meisten ungewohnt, Hunde- und Katzenfleisch zu essen.
Das ist es in Deutschland auch, aber wie sieht es hierzulande mit der Legalität aus, Hunde- und Katzenfleisch zu essen. Nun, da ich es genau wissen wollte, habe ich nach der Mitfahrt recherchiert und bin auf Folgendes gestossen. Im § 22 Abs. 1a der tierischen Lebensmittel-Hygiene-verordnung steht:

„Es ist verboten Hunde und Katzen ... zum Zwecke des menschlichen Verzehrs zu gewinnen oder in den Verkehr zu bringen."
Das heißt also im Klartext: In Deutschland ist es nicht erlaubt, Hunde und Katzen zu töten (schlachten), um sie dann zu essen. Wenn aber jemand partout ein Hundesteak oder einen Katzenburger essen will, dann kann man das straffrei tun, wenn man das Fleisch irgendwo (aus dubiosen Quellen) auftreiben kann.
Nun, ob jetzt Deutschland oder die Schweiz, ich habe meine Wahl schon längst getroffen und werde weiterhin bei einem saftigen Schweinesteak bleiben. Wie schaut es mit Ihnen aus?
Irgendwann war das Thema <essbares Hunde- und Katzenfleisch> im Autoradio erschöpfend behandelt worden und wir näherten uns dem Zielort.
Wobei es nur für meine Fahrerin der Zielort war. Ich hatte noch eine knappe Stunde Zugfahrt vor mir. Sie liess mich am Bahnhof aussteigen, wünschte mir eine gute Weiterreise und für den nächsten Tag einen guten Jahreswechsel. Zum Glück mußte ich auf dem kühlen und zugigen Bahnsteig nur kurz auf meinen Zug warten. Ich stieg ein und fand gleich bei den ersten Sitzen einen freien Platz. Mir gegenüber sass ein älterer Mann um die 60. Sein silbriggraues Haupthaar begann erst weit oberhalb der Stirn seinen Kopf zu bedecken und legte sich ordentlich gekämmt über den ganzen hinteren Kopfbereich bis hinunter zum Nacken. Sein breites, faltenarmes Gesicht mit den ausgeprägten Tränensäcken wurde durch ein schmales Oberlippenbärtchen und ein dünnes Spitzbärtchen geschmückt. Zusammen mit dem dunklen Tuch, das sich um seinen Hals schmiegte, ergab es einen nicht unattraktiven Gesamteindruck. Wäre er 30 Jahre jünger, könnte er glatt als Musketierdarsteller durchge-

hen. Ich konnte den Mann ungehindert genauer betrachten, da er mit halboffenem Mund vor sich hindöste. Mein Blick wanderte vom Gesicht des Mannes hin zur winterlichen Landschaft, die vor der Zugfensterscheibe vorbeiflog. Obwohl es erst vier Uhr nachmittags war, begann sich die Dämmerung bereits einzustellen. Ich hing meinen Gedanken nach.

Plötzlich wurde die gedämpfte Stimmung im Zugabteil, die zu Schläfrigkeit verführte, durch ein lautes Geräusch durchschnitten. Eine Lautsprecherdurchsage erfolgte und die war so laut, dass man berechtigte Angst haben mußte, dass es einem die Ohren wegsprengen würde. Zumindest eine vorübergehende Hörbeeinträchtigung konnte nicht ausgeschlossen werden. Kein Wunder, dass der dösende Musketier, der mir gegenübersaß, die Augen aufriss und mich leicht verwirrt auf Deutsch mit tschechischem Akzent ansprach, ob wir schon da seien. Ich lächelte ihn an und meinte dann beruhigend zu ihm, dass ich erstmal wissen müßte, wo er hin müsse. „Nach Tschechien", war seine Antwort. Da habe er noch genügend Zeit, da wir erst abgefahren seien und die Durchsage allgemeine Informationen mitteilte. Er meinte nur „ah schön" und döste wieder weiter.

Die weitere Zugfahrt verlief angenehm, bis auf die Auffälligkeit, dass häufig Menschen an mir vorbeigingen und kurz danach in einer kleinen Kabine verschwanden. Sie suchten die Zugtoilette auf, die sich gleich in meiner Nähe befand. Jetzt fragte ich mich, woran das lag und ich legte mir zwei Theorien zurecht. Entweder war es ganz normal, dass während einer Zugfahrt so viele Menschen auf die Toiletten gingen, ich es aber als ungewöhnlich häufig empfand, da ich schon lange nicht mehr Zug gefahren bin, oder die ersten hatten Silvester schon vorgefeiert und hatten deshalb einen verstärkten Harndrang. Ich liess meine Theorien Theorien bleiben, versuchte auch etwas zu dösen und freute mich auf meine Ankunft am Zielbahnhof.

4 Mehr schmusen, weniger stressen

Was kennen sie von München? Sicherlich das Oktoberfest. Wahrscheinlich den FC Bayern. Vielleicht das Deutsche Museum. Wie ist es mit der Urbanstrasse? Die ist zwar auch in München, aber die müssen sie jetzt nicht unbedingt kennen. Ich kannte sie ja auch nicht, bis mein Fahrer eben diese Strasse als Treffpunkt angab. Es war ein Sonntag im Januar und das Wetter spielte verrückt. Mit einem Bekannten konnte ich von Regensburg nach München fahren. Zu Beginn der Fahrt war das Wetter noch gnädig mit uns. Der Himmel war zwar bewölkt, aber es schneite zuerst nicht und dann nur leicht. Die Autobahn war noch schneefrei und wir kamen zügig voran. Doch etwa ab der Hälfte der Strecke begann es fester zu schneien und allmählich bedeckte Schnee die Fahrbahn. Das starke Verkehrsaufkommen sorgte anfangs noch dafür, dass sich dort, wo die Reifen über den Asphalt rollten, eine dunkle Spur bildete, die sich vom Weiss des danebenliegenden Schnees abhob, doch der Widerstand war bald gebrochen. Schon nach kurzer Zeit legte sich über die ganze Fahrbahn eine weisse Schicht.
Durch das schlechte Wetter kamen wir fast eine Stunde später als geplant beim Treffpunkt in der Urbanstrasse an. Wir hielten Ausschau nach einem mattgoldenen älteren Mercedes Benz. In die Strasse bogen immer wieder Autos ein. Die meisten fuhren an uns vorbei, manche hielten sogar vor uns an, aber ein Mercedes war nicht dabei. „Der ist bestimmt schon abgefahren“, meinte mein Bekannter. „Ich rufe ihn mal an.“ Ich drückte die Nummer auf meinem Handy und schon kurz darauf war mein Fahrer dran. Ob er denn schon abgefahren sei, wollte ich von ihm wissen. Zu

meiner freudigen Überraschung teilte er mir mit, dass er noch gar nicht angekommen sei. Er werde aber etwa in zehn Minuten eintreffen. So warteten also mein Bekannter und ich im Herzen von München und bei starkem Schneefall auf meine Mitfahrgelegenheit.
Etwa eine viertel Stunde später bog ein älterer Mercedes in die Urbanstrasse ein. Auf der Motorhaube und auf dem Autodach lagen zwar noch Schneereste, aber die mattgoldene Farbe der Karosserie war trotzdem deutlich zu erkennen. Er hielt vor uns an. Ich verabschiedete mich von meinem Bekannten und wechselte das Auto. Mein Fahrer, ein junger Mann Anfang 30 mit schütterem Haar aber freundlichem Gesicht, begrüßte mich und verstaute mein Gepäck im Kofferraum. Ich ging zur hinteren rechten Tür, öffnete sie und nahm auf meinem Stammplatz Platz. Auf dem Beifahrersitz sass ein junger Mann, Typ Jurastudent. Einfacher, aber gepflegter Haarschnitt, seriöser Blick, vertrauenswürdiges Lächeln, dunkelgrauer Pullover mit V-Ausschnitt unter dem der Kragen eines hellblauen Hemdes hervorschaute und helle Cordhose. Wir begrüßten uns.
Der Fahrer fuhr los. Ein gesprächiger Typ und eine unerschütterliche Frohnatur, wie sich bald herausstellte.
„Das schneit ja heute ziemlich heftig, aber schön, dass es mal wieder einen richtigen Winter mit viel Schnee hat.“
Der Beifahrer stimmte ihm zu. „Ja, Schnee haben wir diesen Winter massenhaft. Das muss man ausnutzen. Ich war über Silvester mit ein paar Freunden in St. Anton beim Skifahren.“
„Cool, St. Anton. Da war ich mal vor Jahren. Gibt es da immer noch diese verrückte Kneipe, die direkt an der Piste liegt. Da wo immer diese Mottopartys stattfanden.“
Der Beifahrer überlegte kurz.
„Du meinst das Krazy Kanguruh.“

„Ja, ich glaube so hiess es."
„Ja, das gibt es immer noch. Ein verrückter Schuppen."
„Wo habt den Ihr übernachtet?"
„Wir hatten für ein paar Tage eine urige Berghütte gemietet."
„Jungs und Mädels?"
„Die Mädels liessen wir zu Hause."
„Ich finde das muss auch mal sein. Urlaub nur mit den Kumpels. Aber danach ist es doch schön, die Freundin wieder zu sehen. Sie in den Arm zu nehmen und mit ihr zu schmusen. Ich bin sowieso dafür, dass man viel mehr schmusen sollte."
Der Fahrer steuerte den wuchtigen Mercedes durch das dichte Schneegestöber mit einer Gelassenheit, als würde er das bei so einem Wetter täglich machen. Wir verliessen München und fuhren auf die Autobahn Richtung Bodensee.
„Eigentlich sollte man viel mehr reisen. Es gibt doch so viele tolle Gegenden auf der Welt zu sehen."
„Was hält dich davon ab! Du bist Student und hast oft lange Semesterferien."
„Naja, solche Reisen kosten Geld."
„Man kann auch günstig reisen. Ich war mit meiner Freundin letztes Jahr drei Monate in Südamerika. Die ganze Reise hat uns weniger als Tausend Euro gekostet."
„Oh, Südamerika. Da würde ich auch gerne mal hinfahren. Und gleich drei Monate."
„Welche Länder habt Ihr da bereist?"
„Wir waren in Chile, Bolivien und Peru.
„Und wie ist es da so?
„Landschaftlich ist es wirklich grandios. Durch die drei Länder erstrecken sich die Anden mit ihren gewaltigen Bergen. Da geht es dann schon mal über sechstausend Meter rauf. Im Vergleich dazu sind die Gipfel der Alpen kleine Hügel."

„Wart ihr so hoch oben?“
„Die höchste Stelle auf der wir uns befanden, war knapp viertausend Meter hoch. Die Altiplano Hochebene. Wir brauchten eine Woche bis wir uns an die Höhe gewöhnt hatten.
„Wahrscheinlich ist dort alles recht karg!“
„Ja schon. Viel Sand und Vulkangestein. Und es gibt einige grosse Salzseen, wie den Salar de Coipasa oder den Salar de Uyuni. Vegetation gibt es dort oben kaum.“
„Und die Einheimischen?“
„Die meisten sind unglaublich nett und gastfreundlich. Viele Einheimische haben selbst kaum genug zu essen, aber wenn Fremde zu Gast sind, dann wird aufgetischt, als gäbe es kein Morgen. Die Bevölkerung dort hat eine warmherzige Offenheit, von der sich viele Europäer eine Scheibe abschneiden könnten.“
„Was essen die da so?“
„In vielen Gerichten ist natürlich die Kartoffel enthalten, die ja ursprünglich auch von dort kommt. Alleine in Bolivien gibt es noch über hundert verschiedene Kartoffelsorten. Rötliche, braune, violette, fast schwarze, längliche, runde, süsse, weniger süsse, alles was man sich vorstellen kann. Typische Gerichte mit Kartoffeln sind zum Beispiel Empanadas, gefüllte Teigtaschen. Oder Silpancho, Rindfleisch mit Reis und Kartoffeln.“
„Da bekommt man ja gleich Hunger.“
Bolivianer essen auch gerne Suppe. Ganz bekannt ist die traditionelle Hühnersuppe Locro, die mit Reis und Bananen zubereitet wird.“
Beide schweigen für einen Moment, aber die wortlose Pause hält nur kurz an.
„Einmal waren wir zu einer Ayahuasca-Zeremonie eingeladen.“ „Von so einer Zeremonie habe ich schon mal was

gelesen. Da wird doch ein spezieller Cocktail zubereitet, der dich dann high macht."
Der Fahrer schmunzelte. „Ayahuasca ist ein bräunlicher Sud, der aus verschiedenen Pflanzen besteht. Ein Hauptbestandteil ist eine Lianenart. Wie heißt die Liane noch gleich?"
Der Fahrer dachte über seine eigene Frage nach und gab sich kurz darauf gleich selbst die Antwort.
„Banisteriopsis caapi. Ausserdem kommen noch Blätter eines bestimmten Kaffeestrauchgewächses in das Gebräu hinein. Damit wird eine halluzinogene Wirkung ausgelöst. Wenn man diesen Sud trinkt, versetzt es einen in eine Art Trance. Es soll dir helfen, dein Bewusstsein zu erweitern."
Der Beifahrer lies die Aussage des Fahrers auf sich wirken und für einen kurzen Moment herrschte Stille im Auto.
„Hast du das Zeug probiert?"
„Na klar."
In der Antwort des Fahrers klang eine Überzeugung mit, dass er sich gegenüber allem Neuen stets offen zeigte.
„Und, wie war die Wirkung?"
Der Beifahrer wollte es genau wissen und der Fahrer erzählte bereitwillig weiter. „Gleich am Anfang war mir übel. Das hat sich aber bald wieder gelegt. Irgendwann hat sich dann eine Entspannung eingestellt. Ich bekam auf gewisse Sache einen neuen, einen entspannteren Blickwinkel. Manche Sachen, die mich vorher tierisch genervt hatten, sah ich wirklich lockerer. Was aber für mich am erstaunlichsten war, dass ich den Eindruck hatte, dass ich besser hören konnte. Ich nahm jedes Geräusch wahr, auch wenn es noch so leise war. Wenn man das nicht gewohnt ist, kann einem das schon fast Angst machen." Der Beifahrer hörte dem Erfahrungsbericht des Fahrers gebannt zu.

JUNGE, JUNGE, DAS IST ABER EIN HEFTIGES ZEUG. ICH FÜHLE MICH SO ANDERS!
MIR IST SO SCHLECHT!
LASST ES GESCHEHEN! MACHT EUCH LOCKER!
DAS ZEUG HAUT REIN!
ICH FÜHLE MICH SO LEICHT ALS KÖNNTE ICH SCHWEBEN

Auch ich bekam die Schilderung mit und fand die Ausführungen amüsant. Das lag aber nicht so sehr am Thema, da ich mit Berichten von Drogenexperimenten eigentlich nichts anfangen kann, sondern vielmehr mit der Art und Weise, wie der Fahrer das Ganze rüberbrachte. Während er den betagten Mercedes Benz sicher über die Autobahn lenkte, erzählte er wortreich, mit Witz und manchmal gestikulierend von seinen Erlebnissen in Südamerika.

„Das hört sich ja krass an. War das bei den anderen auch so?"

„Ob die die gleichen Erfahrungen machten, wie ich, weiss ich nicht, aber manche mussten stark erbrechen. Die kotzten wirklich alles aus sich heraus. Eine junge Frau hat die Zeremonie ganz abgebrochen. Da es zu solch unangenehmen Nebenwirkungen kommen kann, ist es wichtig, daß die Zeremonie von einem erfahrenen Schamanen durchgeführt wird, der gegebenenfalls eingreifen kann, wenn es Schwierigkeiten gibt. Der Schamane bereitet dich auch auf die Zeremonie vor. So musst du am Tag vor der Zeremonie eine strenge Diät einhalten. Du darfst kein Fleisch, keinen Fisch, keine Meeresfrüchte und keine Zitrusfrüchte essen. Ausserdem sollst du keinen Alkohol, keinen Tabak und keine Tabletten einnehmen. Auch auf Sex mußt du verzichten. Der Schamane prüft auch deinen Gesundheitszustand, ob du körperlich bereit bist für die Zeremonie. Am Tag der Zeremonie darfst du morgens nur einen Papaya-Saft und dann bis zum Abend nur noch Wasser trinken. Bei Einbruch der Dunkelheit geht dann die Zeremonie los"

Der Beifahrer war beeindruckt von der Erzählung des Fahrers und fragte weiter neugierig.

„Wenn du dann in diesem tranceähnlichen Zustand bist, wie lange hält die Wirkung an? Merkst du am nächsten Tag noch etwas?"

Der Fahrer überlegte kurz.
„Ich war froh, dass ich mich danach hinlegen konnte. Der Schlaf war gut. Am Morgen hatte ich einen Bittergeschmack im Mund und fühlte mich müde. Tagsüber ruhte ich mich aus. Sonst ging es mir relativ gut. Am zweiten Tag nach der Zeremonie bin ich dann zu meiner Freundin."
„War die bei der Zeremonie nicht dabei?"
„Nein, sie legte keinen Wert auf diese Erfahrung. Sie hat in unserer Ferienhütte auf mich gewartet. Als ich dann zu ihr kam habe ich sie in den Arm genommen und mit ihr geschmust."
In den Worten des Fahrers klang eine fröhliche Heiterkeit mit. Er machte eine kurze Pause und meinte dann:
„Ich bin sowieso dafür, dass die Menschen mehr schmusen sollten."
Der Beifahrer und ich schmunzelten.
„Würden wir mehr schmusen, dann wären die Menschen viel entspannter und auch viel liebevoller zu einander."
Der Fahrer stellte eine interessante These auf, die es wert war, darüber nachzudenken. Dies taten der Beifahrer und ich auch, ließen aber den Satz unkommentiert so stehen. Auch der Fahrer war danach still und konzentrierte sich wieder mehr auf den Autobahnverkehr. Nach den wortreichen Ausführungen des Fahrers war es nun für längere Zeit ungewohnt ruhig im Fahrzeuginneren. Wir hatten Bregenz und St. Gallen längst hinter uns gelassen und näherten uns Zürich. Irgendwann unterhielten sich Fahrer und Beifahrer wieder. Da ich auf meinem Stammplatz vor mich hindöste, achtete ich nicht auf das Thema. Ich bekam nur am Rande mit, dass es unter anderem auch wieder um das Schmusen ging. Dies schien dem Fahrer sehr am Herzen zu liegen. In Zürich stieg der Beifahrer aus und der Fahrer gab ihm mit

einem Augenzwinkern noch den Kommentar mit auf dem Weg.
„Also, mehr schmusen, weniger stressen."
Die letzte Etappe von Zürich zu mir nach Hause, die etwa eine Stunde dauerte, waren der Anhänger des Schmusens und ich alleine im Auto. Da er im Verlauf der Fahrt mitbekommen hatte, dass ich schon länger in der Schweiz lebte und auch seit einigen Jahren eingebürgert war, wollte er dazu noch mehr wissen. So verliefen die letzten Kilometer kurzweilig und nach über sechs Stunden fuhr er mich sogar ohne Zuschlag bis zur Haustüre. Dieser Service ist bei Mitfahrten eher unüblich, wird aber hin und wieder doch gemacht. Diese Mitfahrt war einer der unterhaltsamsten Fahrten, die ich bisher mitmachte und ich lernte eine wichtige Lektion:
Mehr schmusen, weniger stressen.

5 Rebellischer Magen

Der Treffpunkt war dieses Mal beim Bahnhof in St. Gallen, genauer gesagt die <Car>-Haltestelle, die sich hinter den Gleisen und zwischen Parkplätzen und schmucklosen Häusern befand. Jetzt werden sie sich, geschätzte Leser, wahrscheinlich fragen, was eine <Car>-Haltestelle sein soll. Bekanntlich steht der englische Ausdruck <Car> für das deutsche Wort <Auto>. Von daher wäre es ja eine <Auto>-Haltestelle. Warum, werden sie sich jetzt denken, benutzt der Idiot von Schreiberling nicht gleich den Ausdruck <Parkplatz> also einen Platz für Autos. Sie merken, liebe Leser, ich mache mit Ihnen ein kleines, der Verwirrung dienendes, Gedankenspiel. Und ich setze diesem verwirrenden Spielchen noch eines drauf, indem ich den Begriff <Bus>-Haltestelle in die Runde schmeisse. Also, was hat es jetzt mit der <Car>-Haltestelle, oder ist es doch eine <Auto>-Haltestelle, dann doch eher ein <Parkplatz> oder doch eine <Bus>-Haltestelle auf sich. Gut, lassen sie mich die Unklarheiten aufklären.

Wie wir alle wissen, ist die Schweiz in manchen Dingen anders. Warum liegt die Schweiz mitten in Europa, ist aber kein EU-Land? Oder warum ist die Schweiz von Ländern umgeben, die den Euro haben, aber die Schweiz hat ihren Franken? Und so wundert es nicht, dass die Schweiz auch in übersetzungstechnischer Hinsicht manchmal anders ist, als andere Länder. So bezeichnen die Schweizer mit dem Wort <Car> kein Auto, sondern einen Bus wobei sie das C wie ein G aussprechen. Also, sollten sie mal in die Schweiz fahren und hören dort Begriffe wie <Car-Reisen>, <Car-Unter-

nehmen> oder <Car-Chauffeur> ist mit dem Wort <Car> immer ein Bus gemeint.
Aber ich schweife ab. Zurück zum Treffpunkt. Gegenüber der <Car>-Haltestelle hielt zur vereinbarten Zeit ein Auto, wie es der Fahrer im Internetprofil beschrieben hatte. Der Wagen machte optisch was her. Ein grosser, sportlich, dynamisch wirkender, tiefschwarzer Oberklassenkombi, der bestimmt Power unter der Haube hatte. Wie recht ich doch später behalten sollte. Der Fahrer stieg aus. Auch er ein sportlicher, dynamischer Typ mit schwarzem, gegeltem Kurzhaarschnitt, ähnlich dem von Cristiano Ronaldo. Was den Leichenwagenfahrer von dem Fussballer grundlegend unterschied – sieht man einmal davon ab, dass letzterer ein weitaus grösseres Vermögen haben dürfte – war die Körpergrösse. CR7, wie der Portugiese in Fussballkreisen ehrfürchtig betitelt wird – die beiden Buchstaben stehen für den jeweiligen Anfangsbuchstaben des Vor- und Nachnamens und die Nummer sieben steht für die Zahl auf seinem Trikot – ist bekanntlich über einen Meter achtzig gross. Mein Fahrer dürfte zwei Köpfe kleiner sein. Sei's drum. Seine Körpergrösse konnte mir egal sein, Hauptsache er brachte mich sicher an mein Ziel. Wir begrüssten uns, er verstaute mein Gepäck im Kofferraum und wir setzten uns in sein schickes Auto. Als mein Chauffeur nahm er logischerweise auf dem Fahrersitz Platz. Ich machte es mir hinten rechts auf meinem Stammplatz bequem. Wir sprachen nicht viel und warteten stattdessen auf eine Mitfahrerin. Es dauerte etwa zehn Minuten und dann kam sie.
Eine Traumfrau. Ein Supermodell. Ihre langen blonden Haare umhüllten ein bildhübsches Gesicht, bedeckten lieblich den Nacken- und Schulterbereich und fanden ihr geschmackvolles Ende auf Brusthöhe. Ihre schlanke, sportliche Figur mit wohlgeformten, langen Beinen unterstrich

ihre attraktive Weiblichkeit. Ein wahrer Hingucker. Nicht nur der Fahrer, sondern auch ich war angetan von der feenhaften Erscheinung dieses graziösen Wesens, aber wir liessen uns natürlich nichts anmerken. Sie stand jetzt vor dem Auto und lächelte in unsere Richtung. Der Fahrer stieg aus, begrüsste sie und verstaute ihre kleine Reisetasche im Kofferraum. Sie öffnete die Tür und nahm auf dem Beifahrersitz Platz. Sie drehte den Kopf zu mir nach hinten und stellte sich vor: „Hallo, ich bin Carola." Dabei blitzen ihre strahlend weissen Zähne hinter zartrosa geschminkten Lippen hervor. „Hallo, ich bin Peter."
Kurz darauf nahm auch der zu klein geratene Fahrer auf seinem Sitz Platz und die Fahrt ging los. Er manövrierte seine Limousine gekonnt und in lässiger Sitzposition durch die Strassen von St. Gallen und schon bald befanden wir uns auf der Autobahn. Der Fahrer und die Traumfrau unterhielten sich angeregt.
„Was machst du so?"
„Ich studiere."
„Was studierst du?"
„Kommunikations- und Medienwissenschaften."
„Interessant!"
„Was machst du so?"
„Ich arbeite bei einer Computerfirma. Wir betreuen unsere Kunden in allen Fragen, die sich bei der Installation einer Software ergeben. Also zum Beispiel optimale Nutzung der Software für den anwenderspezifischen Gebrauch oder Virenschutzinstallation usw."
„Warum fährst du die Strecke?"
„Ich besuche über das Wochenende eine Freundin."
Es war das übliche Abtasten mit Fragen und Antworten, Gegenfragen und Gegenantworten, um die Mitfahrer und den Fahrer besser kennen zu lernen. Obwohl wir zwei Mit-

fahrer waren, die Frau und ich, unterhielt sich der Fahrer nur mit der Frau. Ich gönnte ihm den Dialog mit der Schönheit und beschränkte meinen Beitrag auf das aufmerksame Zuhören.
Da traf mich unerwartet eine Frage von ihm: „Und, was machst du so?“ „Ich bin Hausmann“, antwortete ich wahrheitsgetreu. War der Innenraum gerade noch von angeregter Unterhaltung erfüllt, herrschte plötzlich eine ungewohnte Stille. Hallo, dachte ich mir, war ein Hausmann immer noch eine solche Seltenheit, dass es einem die Sprache verschlug, wenn man einem begegnete. Nach einer halben Ewigkeit hörte ich den Fahrer der seinen Leichenwagen lässig mit einer Hand über die Asphaltpiste steuerte sagen: „Ah Hausmann!“ Ich überlegte, wie ich den spöttisch angehauchten Unterton in seiner Äusserung deuten sollte und wollte bereits zu einer verbalen Verteidigung des Hausmanndaseins ansetzen, als die Traumfrau irgendetwas von tollem Herbstwetter faselte. Der coole <Möchtegern-Cristiano Ronaldo> wendete sich unterhaltungstechnisch wieder seiner Beifahrerin zu und fuhr trotz angeregter Konversation mit ihr, rasant über die Schweizer Autobahn. Fast 150 Sachen, statt der hier erlaubten 120. Mir konnte es egal sein. Er müßte zahlen. Vielleicht hätte ich ihm sagen sollen, dass Bußen in der Schweiz wesentlicher teurer sind als in Deutschland. Ich liess es bleiben.
Auf unserem Weg begegneten uns immer wieder Baustellen. Er bremste abrupt ab und gab dann wieder Gas. Dieses unsägliche Spielchen wiederholte sich ein paar Mal. Beim Gas geben kam ich mir für einen kurzen Moment vor, wie in einem startenden Flugzeug. Es drückte mich in den Sitz. Ich dachte mir noch: Wenn der hier schon so beschleunigt, wie würde das erst auf der Deutschen Autobahn, wo keine Geschwindigkeitsbegrenzung herrschte, werden. Nach einer

halben Stunde, der kurze österreichische Abschnitt bei Bregenz war durchfahren und der letzte Mitfahrer war eingesammelt, wurden meine Befürchtungen bezüglich rasanter Beschleunigung Wirklichkeit.
Entsprach das heftige Gas geben und das daraus resultierende in den Sitz gedrückt werden auf der Schweizer Autobahn eher dem Start eines Passagierflugzeuges, so war die plötzliche Beschleunigung hier auf deutscher Seite, wie der Start eines Kampfflugzeuges. Es drückte mich nicht, es presste mich in den Sitz. Mein Magen hatte das nicht gerne. Erste Anzeichen von Unwohlsein stellten sich ein. Im Gegensatz zu mir, schien es den anderen Mitfahrern nichts auszumachen. Mein Protest gegen die nicht gerade magenschonende Fahrweise spielte sich bei mir nur im Stillen ab, da ich den Fahrspass, den der Fahrer offensichtlich hatte, nicht trüben wollte. Außerdem kamen wir bei dieser flotten Fahrt schneller ans Ziel.
Irgendwann mußte der Fahrer wegen einem langsameren Auto heftig abbremsen und beschleunigte kurz darauf wieder rasant. Aha, dachte ich mir, der Düsenjägerpilot startet wieder. Mein Unwohlsein wurde stärker und ich mußte das Lesen endgültig aufgeben. Es soll ja Zeitgenossen geben, denen das Lesen während einer Autofahrt nichts ausmacht. Mir schon. Spätestens jetzt, da der Gigolo das abrupte Bremsen und kräftige Beschleunigen mindestens ein Dutzend Mal praktizierte. Ich versuchte mein Unwohlsein in den Griff zu bekommen. Nach etlichen Kilometern und der langen Fixierung auf einen bestimmten Punkt gelang es mir einigermassen. Mittlerweile war es dunkle Nacht und die Dauerbaustelle vor dem Holledauer Dreieck lag weit hinter uns. Ich sehnte das Ende meines <Jetfluges> herbei.
Meine Gedanken schweiften zu meinen Kindern, die mich immer verspotteten, da ich in einem Freizeitpark nie mit

schnellen Bahnen mitfuhr. Ich wußte schon warum: Um solchen schlechten Befindlichkeiten, wie ich sie während einem Grossteil dieses Fluges, pardon, dieser Fahrt hatte, vorzubeugen. Irgendwann im weiteren Verlauf der Nacht waren wir da. Ich stieg immer noch leicht angeschlagen aus dem Auto und versuchte alles, um mir nichts anmerken zu lassen. Ich bedankte mich bei meinem Fahrer für die sichere und flotte Fahrt, mit dem Wissen, dass ich die nächste Mitfahrt bei jemand anderem machen werde.

6 Ein Hoch auf Gedenktage

Wußten Sie, dass es für nahezu jeden Tag im Jahr einen Gedenk- oder Aktionstag gibt! So findet jedes Jahr am 20. März der „internationale Tag des Glücks“ statt. Dieser Aktionstag wurde 2012 durch die Vereinten Nationen beschlossen und soll die Bedeutung des Strebens nach Glück und Wohlbefinden bewußter machen. Seit 1993 findet jährlich am 22. März der „Weltwassertag“ statt, um darauf aufmerksam zu machen, dass sauberes Trinkwasser in genügender Menge in vielen Ländern noch keine Selbstverständlichkeit ist. 1997 rief die European Parkinsons Disease Association den „Welt-Parkinson-Tag“ ins Leben, der seitdem jedes Jahr am 11. April stattfindet und der langsam fortschreitenden neurologischen Erkrankung gedenkt.

Würde ich jetzt alle Gedenk- und Aktionstage, die während eines Jahres stattfinden, aufzählen, könnte ich noch mehrere Seiten damit füllen, doch lassen sie mich an dieser Stelle noch zwei erwähnen, da sie jeden von uns betreffen. Da wäre zum einen der 8. März. Auf diesen Tag ist seit Anfang des 20. Jahrhunderts der „Internationale Tag der Frau“ festgelegt. Selbstverständlich gibt es auch einen speziellen Tag für den Mann, den „internationalen Männertag“, der seit 1999 jedes Jahr am 19. November begangen wird. Ein kleines Detail am Rande im Zusammenhang mit dem Männertag möchte ich nicht unerwähnt lassen, weil es zu gewissen spekulativen Überlegungen führen könnte. Am gleichen Tag wie dem Männertag findet auch der „Welttoilettentag“ statt. Das wirft für mich die Frage auf, warum beide Gedenktage am gleichen Tag stattfinden. Sollte es gar ein versteckter Hinweis darauf sein, dass sich endlich alle Männer, die ein kleines Geschäft erledigen müssen, sich beim Pinkeln hinsetzen sollen, so wie es von vielen Toilettenbenutzungsverordnungen und auch Partnerinnen schon lange verlangt wird. Meine Überlegung hat nur spekulativen Charakter.

Mögen die meisten Gedenk- und Aktionstage einen tieferen Sinn haben, so gibt es aber auch Tage, an denen Kuriosem oder Absurdem gedacht wird. So findet am 28. März der „Ehrentag des Unkrauts“ statt. Oder am 28. Februar wird der „Internationale Schlaf-in-der-Öffentlichkeit-Tag“ gefeiert. Oder am 18. August ist „Internationaler Tag der schlechten Poesie“. Ein weiterer, sinnfreier Aktionstag wird jeden 5. Oktober begangen. An diesem Tag findet der „Welt-Seifenblasen-Tag“ statt. Warum und wieso weiss irgendwie keiner, aber egal. Seifenblasen sind doch schön anzuschauen und manch einer sieht in dem hauchdünnen, seifigen Gebilde den symbolhaften Wunsch nach Liebe, Friede und Hoffnung. Dieses Anliegen ist allemal unterstützenswerter als ein anderer Aktionstag, der jährlich am 30. Januar begangen wird. An diesem Tag wird nämlich der „Internationaler Tag der sinnlosen Anrufbeantworter-Nachrichten“ begangen. Kein Witz! Aber warum erzähle ich Ihnen hier irgendetwas über sinnvolle oder sinnlose Aktionstage, wo ich doch eigentlich über erlebte Geschichten bei Mitfahrgelegenheiten berichten wollte. Ganz einfach! Weil für diese Mitfahrt ein jährlich stattfindender Gedenktag zwar nicht der ursprüngliche Auslöser, aber doch ein schöner und überaus wertvoller Antrieb war. Ich spreche hier vom „Internationalen Tag der Freundschaft“, der jedes Jahr am 30. Juli begangen wird. Und an einem 30., nicht Juli, sondern Oktober, machte ich mich auf den Weg, einen sehr guten Freund zu besuchen. Wir sehen uns nur selten. Dies liegt aber nicht daran, dass wir uns bei unseren selte-

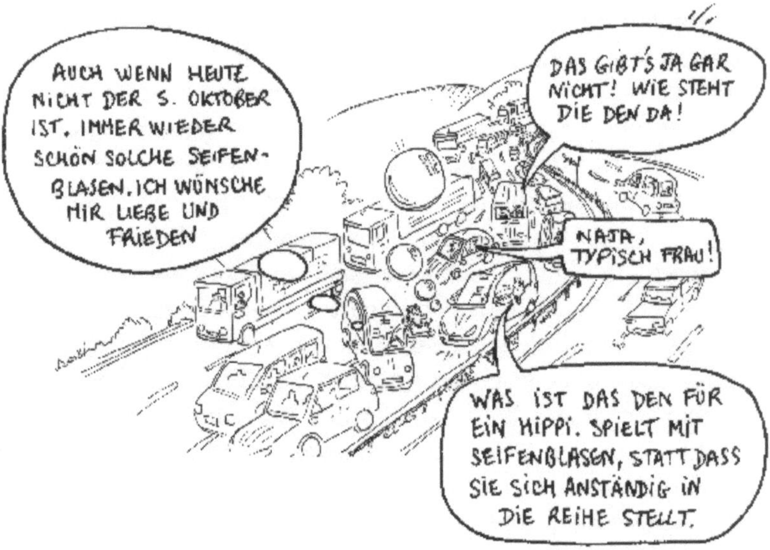
AUCH WENN HEUTE NICHT DER 5. OKTOBER IST. IMMER WIEDER SCHÖN SOLCHE SEIFEN-BLASEN. ICH WÜNSCHE MIR LIEBE UND FRIEDEN
DAS GIBT'S JA GAR NICHT! WIE STEHT DIE DEN DA!
NAJA, TYPISCH FRAU!
WAS IST DAS DEN FÜR EIN HIPPI. SPIELT MIT SEIFENBLASEN, STATT DASS SIE SICH ANSTÄNDIG IN DIE REIHE STELLT.

nen Treffen schnell überdrüssig werden, sondern dass die Entfernung zu gross ist. Immerhin liegen fast 1000 Kilometer zwischen uns. Er, wohnhaft in einer kleineren Stadt bei Hamburg, und ich in der Schweiz lebend. Ich vereinbarte also an diesem 30. Oktober meine Mitfahrt bei Luise, die in Freiburg im Breisgau um 8 Uhr startete. Nach einer zweistündigen, unspektakulären Zugfahrt stand ich nun vor dem Haupteingang des Konzerthauses, dass sich in der Nähe des Hauptbahnhofs befindet und hielt nach einem Kleinbus japanischen Fabrikats Ausschau. Die kleine Zufahrtsstrasse vor dem Haupteingang schien allgemein ein Treffpunkt für Leute zu sein, die eine Mitfahrgelegenheit nutzten, da immer wieder Reisende, die meist mit einem Rucksack oder kleinem Rollkoffer ausgestattet waren, zu Autos gingen. Nach einer kurzen Begrüssung und dem Verstauen des Gepäcks im Kofferraum fuhren die Autos gleich los. Nach wenigen Minuten steuerte ein Kleinbus in die Zufahrtsstrasse und hielt kurz darauf, nicht weit von mir weg, an. Da der Wagen ein Hamburger Kennzeichen hatte, war mir schnell klar, dass Luise, meine Fahrerin, eingetroffen war. Mit mir näherten sich noch drei andere Mitfahrer dem Auto, die wie aus dem Nichts auftauchten. Gleich darauf standen wir schön artig hinter der Heckklappe des Kleinbusses, und warteten auf Luise. Da sie sich mit dem Aussteigen Zeit liess, begrüßten wir wartenden uns gegenseitig mit einem aufgeschlossenem „Du fährst demnach auch nach Hamburg.“ „Hallo, ich bin Jürgen.“ „Hallo, ich bin Gundula.“ „Freut mich, Torsten.“ „Hallo, ich bin Peter.“
Jetzt war auch Luise da. Sie war eine reifere Frau, ich schätzte sie auf Ende 50, schlank, mit Kurzhaarschnitt. Sie begrüßte uns alle mit einem fröhlichen „Hallo, ich bin Luise. Einige von Euch fahren mit mir heute Richtung Hamburg. Wie ich sehe, sind fast schon alle da!“ In ihrer Aussprache

war eine norddeutsche Einfärbung unverkennbar. Sie gab jedem die Hand und dann meinte sie: „Eine Person fehlt noch. Bis Astrid kommt, können wir derweil das Gepäck verstauen.“ Sie öffnete die grosse Heckklappe und bat mit einem trocknen Lächeln zwei von uns, diese am Rand hochzuhalten, da die geöffnete Klappe von alleine nicht halte. Ich überliess grosszügig, wie ich manchmal bin, Jürgen, einem gutgebauten Brillenträger im besten Mannesalter und Torsten, einem grossgewachsenem Mann Mitte 20,, die Rollen des Heckklappenhaltens. Denken sie jetzt ja nicht, dass ich mich vor dieser schweren Aufgabe drücken wollte, aber die beiden waren für diesen Job einfach besser geeignet. Sei`s drum. Das Gepäck war nach einigem Umschichten, seitens Luise, irgendwann verstaut und schließlich kam auch die letzte Person, die mit uns mitfuhr, Astrid. Eine gutaussehende junge Frau mit schulterlangen, blonden Haaren. Sie trug einen hellen Wollmantel mit grossen Knöpfen. Um ihren Hals schmiegte sich ein feuerroter Schal aus Schurwolle. Ihre modische Erscheinung setzte sich fort in einer schwarzen Hose und braunen Herbststiefeln. Ihr kleiner Rollkoffer war schnell verstaut. Da nun auch alle Mitfahrer anwesend waren, verteilten wir uns im Auto. Torsten, der die längsten Beine von uns allen hatte, nahm auf dem Beifahrersitz Platz. Astrid und Jürgen sassen ganz hinten. Gundula, eine junge Studentin und ich sassen in der mittleren Reihe.
Die Innenstadt von Freiburg lag bald hinter und die vielbefahrende Autobahn Richtung Norden vor uns. Es dauerte nicht lange, bis die ersten Unterhaltungen stattfanden. Vor allem Luise wollte vieles von uns Mitfahrern wissen. Wo wir herkamen, was wir beruflich machen, warum wir dieses Wochenende nach Hamburg mitfuhren? Luise erzählte dann auch vieles von sich. Dass sie ursprünglich aus Ham-

burg komme, aber wegen dem besseren Wetter schon seit langem in Freiburg lebe, dass sie seit kurzem frühverrentet sei, dass sie lange in der privaten Kinderbetreuung tätig war und dass sie jetzt eine günstige, kleine Wohnung in Hamburg suche. Wir, das heißt Torsten, Gundula und ich, hörten Luise aufmerksam zu und stellten manchmal eine Zwischenfrage. Astrid und Jürgen, die ganz hinten sassen, hatten ihr gemeinsames Thema im Computerbereich gefunden und unterhielten sich angeregt. Die Fahrt ging gut voran und wir näherten uns Heidelberg. Dort beim Bahnhof machten wir die erste Pause. Wir nutzten den Halt, um auf die Toilette zu gehen und etwas zum Trinken zu kaufen. Gundula und Jürgen verabschiedeten sich von uns, da hier ihre Reise zu Ende war. Paula und Erwin stiegen dort bei uns zu.
Paula war eine kleine, ältere Frau mit langen braunen Haaren, die eine leichte rötliche Färbung hatten. In ihrem lustigen Gesicht spiegelte sich eine lange Lebenserfahrung mit Höhen und Tiefen. Erwin war untersetzt und hatte einen vollen, rundlichen Kopf mit kurzen, dünnen Haaren. Seine körperlichen Defizite versuchte er mit einem gepflegten Musketierbart etwas zu kaschieren. Bevor die Fahrt weiter ging, zündete er sich noch eine Zigarette an. Astrid gesellte sich zu ihm. Sie paffte an einer E-Zigarette. Luise, die irgendwann bei den beiden stand erzählte, dass sie früher auch rauchte, aber es zum Glück schaffte, von dieser Sucht los zu kommen. Erwin zog genüßlich an seiner Zigarette und meinte, dass jeder irgendein Laster haben sollte, sonst wäre das Leben langweilig. Astrid lächelte vieldeutig und schwieg. Somit war die Diskussion über Sinn oder Unsinn des Rauchens bereits verstummt, bevor sie richtig in Fahrt kam. Als die Raucher fertig waren, setzten wir uns wieder in das Auto. Luise schlug vor, dass wir Mitfahrer mal die Plätze wechseln sollten, damit jeder mal mit jedem reden konnte.

Wir hatten nichts dagegen. Bis auf Torsten, der wegen seiner langen Beine weiterhin vorne sitzen mußte, wechselten wir also unsere Plätze. Jetzt sassen Astrid und Erwin in der Mitte und Paula und ich hinten.
Die Fahrt ging weiter. Luise war wie immer sehr gesprächig und wollte von Erwin vieles wissen. Astrid und Torsten hörten zu und stellen ihrerseits manchmal Fragen. Ich kam mit Paula ins Gespräch. Sie erzählte mir, dass sie gerade von ihrer Tochter komme, die hier im Süden lebte, weil sie hierher geheiratet hatte. Vor kurzem sei ihre Tochter erneut Mutter geworden und jetzt habe sie zum ersten Mal ihr zweites Enkelkind besucht. In Paulas Äusserung schwang Stolz mit, dass sie nun zwei Enkelkinder hatte. Ich hörte aber auch ein Bedauern, dass die Tochter so weit weg von Hamburg wohnte und wenn sie ihre Tochter, die Enkelkinder und den Schwiegersohn sehen wollte, soweit fahren müsse. Ich fragte Paula, ob sie sich vorstellen könnte, in die Nähe zu ihrer Tochter zu ziehen.
„Nee", antwortete sie mir auf Hochdeutsch, dass aber die typische Hamburger Dialektfärbung hatte.
„Ich könnte mir das vielleicht noch vorstellen, aber mein Mann geht aus Hamburg nicht weg. Was wäre das noch für eine Ehe, in der wir 600 Kilometer voneinander getrennt wären."
Sie verstummte für einen kurzen Moment, schaute nachdenklich nach vorne und meinte dann mit einer entschlossenen Deutlichkeit wieder zu mir gewandt:
„Eigentlich will ich aus Hamburg gar nicht weg, weil es halt doch die schönste Stadt Deutschlands ist."
Irgendwie musste das Torsten, der ganz vorne sass, mitbekommen haben, da er die Aussage von Paula bestätigte.

„Da hast du vollkommen Recht, Paula. Hamburg ist einfach die tollste Stadt. Da ist immer etwas los.“ Nun stimmte auch Luise in die Lobhudelei auf Hamburg mit ein.
„Ja, Hamburg ist schon eine schöne Stadt, mit dem Michel, dem Hafen und der Speicherstadt. Mir gefallen auch die vielen Grünalgen. Hamburg ist ja von allen Grossstädten in Deutschland die grünste Stadt. Und wußtet ihr eigentlich, dass Hamburg die meisten Brücken hat? Noch mehr als London, Amsterdam und sogar mehr als Venedig.“ Luise war die Begeisterung, mit der sie über die Hansestadt sprach, deutlich anzuhören. „Und dann gibt es ja seit kurzem das neue Wahrzeichen von Hamburg, die Elbphilharmonie. Das macht doch Hamburg noch attraktiver.“
„Findest du dieses Gebäude schön? Dieser komische Koloss aus Beton und Glas! Also von mir aus hätte es diesen Bau nicht gebraucht.“
Luise liess sich durch den Einwand von Torsten nicht von ihrer Begeisterung abbringen.
„Ich finde die Elbphilharmonie toll.“
„Mir gefällt's auch!“, liess uns Paula nun wissen.
„Wenn halt in Hamburg nicht immer so schlechtes Wetter wäre!“, meinte Luise weiter. „Das war ja auch der Grund, wieso ich nach Freiburg ging. Hier ist es halt doch meist schöner und auch wärmer. Und Freiburg ist auch eine schöne Stadt mit seinem Münster, den schmalen Kanälen, die sich oberirdisch durch die Innenstadt ziehen, dem Schlossberg oder dem schönen Weihnachtsmarkt.“
Luise erzählte munter weiter und wir Mitfahrer hörten ihr mehr oder weniger aufmerksam zu.
„Freiburg hat auch in seiner Umgebung einiges zu bieten. Vor allem den Schwarzwald mit dem Schauinsland oder dem Feldberg. Der Titisee und der Schluchsee sind auch nicht so weit weg.“

Da schaltete sich nun Astrid in das Gespräch mit ein.
„Also Hamburg und Freiburg haben natürlich ihre Reize, aber ich finde Mannheim am schönsten. Wir haben auch unsere Sehenswürdigkeiten wie das Schloss im Barockstil oder den altehrwürdigen Wasserturm und dann natürlich die schönen Parks, den wunderbar gelegenen Herzogenriedpark oder den Luisenpark mit dem chinesischen Teehaus.
Als Luise, unsere Fahrerin, den Namen Luisenpark hörte, konnte sie sich einen Kommentar nicht verkneifen.
„Der heißt ja so wie ich. Wunderbar! Dem Park werde ich sicherlich mal einen Besuch abstatten."
Astrid sprach weiter über die Vorzüge von Mannheim.
„Und Mannheim ist eine quirlige Stadt. Es ist immer was los. Die Einheimischen, die vielen Studenten und die zahlreichen Einwohner mit ausländischem Hintergrund machen die Stadt so interessant."
„Hast du einen Lieblingsplatz in Mannheim?", wollte nun Torsten wissen.
„Ich bin häufig im Jungbusch, der unter dem Begriff Quadratestadt auch ausserhalb Mannheims bekannt ist. Das ist ein Innenstadtbezirk, der sich in den letzten Jahren sehr gewandelt hat. Früher war das ein Arbeiter- und Rotlichtviertel, also eher ärmlich und schmuddelig. Nach und nach hat sich aber daraus ein multikulturell geprägtes, quirliges Szenenviertel mit hippen Lokalen, Studentenwohnheimen, Galerien und Museen gebildet, das jetzt bei Einheimischen und Besuchern sehr beliebt ist."
„Das klingt toll", meldete sich Paula. „Ich mag es auch, wenn sich viele Gruppen oder Interessen friedlich vermischen.
Nun war es an der Zeit, dass auch ich die Vorzüge meiner Heimatstadt anpries. Ich fing aber nicht mit einer Stadt,

sondern gleich mit dem Land an. Ich sprach von der grandiosen, landschaftlichen Schönheit, welche die Schweiz zweifellos hat. Die zahlreichen, majestätischen Drei- und Viertausender, von denen manch einer eine internationale Berühmtheit erlangt hat, wie das charakteristische Matterhorn oder die berüchtigte Eigernordwand. Ich sprach von den tiefblauen bis smaragdgrünen Bergseen, die lieblich in einer Senke verweilen, oder die saftig-grünen Alpwiesen, auf denen im Sommer zufrieden wiederkäuende Kühe grasen.

„Ach, wie schön!“ entfuhr es Paula, die mich verträumt anblickte. „Da bist du ja in einem paradiesischen Land gelandet.“

Ich lächelte freundlich zurück, verschwieg aber die weniger schönen Dinge, die sich in der Schweiz abspielten, um meiner Nachbarin das Bild von einem idyllischen Alpenstaat nicht zu zerstören und kam auf die Vorzüge meiner früheren Heimatstadt Regensburg zu sprechen, da es ja eigentlich um den Titel der schönsten Stadt Deutschlands ging.

„Also Regensburg in Bayern,wo ich ursprünglich herkomme, hat auch einiges zu bieten. Die älteste Steinbrücke Deutschlands, die sich erhaben über die Donau spannt. Oder der eindrucksvolle, gotische Dom, der viele Besucher aus nah und fern anlockt. Oder die geschichtsträchtige Altstadt mit ihren verwinkelten Gassen und den eindrucksvollen Patrizierhäusern, so wie die zahlreichen urigen Lokale und schönen Biergärten. Ebenso die interessante Umgebung mit Klöstern, Burgen und Tempelbauten.“

„Ja“, meldete sich Astrid zu Wort, „Regensburg soll wirklich eine schöne Stadt sein. Eine Freundin von mir hatte dort studiert und sie war richtig begeistert vom ganzen Flair der Stadt.“

Zufrieden über die Bestätigung der Schönheit meiner Geburtsstadt und der Gewißheit, dass Regensburg bei einem Vergleich mit anderen zu meist grösseren Städten wie Hamburg, Mannheim oder Freiburg durchaus mithalten kann, lehnte ich mich zurück und wartete, wer nun das Wort ergreifen würde.
Luise war es schliesslich und sie wendete sich an Erwin, der bisher mehr zuhörte, als selber sprach.
„Und Erwin, du bist doch aus Neckar... Neckarsulm?“
„Fast“, meinte Erwin. „Der Anfang stimmt, aber das Ende nicht. Neckargemünd heißt die Stadt, eher ein Städtchen, aus der ich komme.“
„Erzähl mal, was hat den Neckargemünd alles zu bieten.“
Erwin musste schmunzeln.
„Hm, das ist schnell erzählt, bei einer Einwohnerzahl von gerade mal 13000. Neckargemünd hat ein paar Kirchen, eine kleine Altstadt mit netten Fachwerkhäusern, ein niedliches Stadttor und ein Terrassenfreibad. Also die Metropole schlechthin.“
„Aha“, entfuhr es Astrid.
„Auch schön“, meinte Luise kurz, da sie sich jetzt mehr auf den Stau konzentrieren mußte, der sich nach Frankfurt gebildet hatte.
Kurz darauf sprach sie weiter und man merkte ihr an, dass der Stau ihre anfänglich gute Laune eintrübte.
„Also das hätte jetzt auch nicht sein müssen. Wir kamen so gut voran und ich dachte schon, dass wir vielleicht früher als geplant in Hamburg ankommen würden. Und jetzt so was.“
„Ganz schön lang der Stau. Da werden wir jetzt wahrscheinlich eine Weile stehen“, kommentierte Torsten und wir alle konnten die stehende Blechlawine sehen, die sich auf der

Autobahn über eine langgezogene Kurve in eine Senke erstreckte.
Astrid meinte: „Eine Baustelle sehe ich keine. Wird wahrscheinlich wieder ein Unfall passiert sein.
„Ich frage mich immer: Wie kann den auf einer Autobahn, wo man nur geradeaus fahren muss, ein Unfall passieren“, äusserte sich Luise genervt.
„Naja“, sprach jetzt Torsten, „einer fährt zu langsam, der andere fährt zu schnell. Der Schnelle kann nicht mehr bremsen und fährt auf den Langsamen drauf und schon ist es passiert.
„Weil sie auch immer fahren wie die Verrückten“, meinte nun Paula.
Ab und zu konnten die im Stau stehenden Autos einige Meter fahren und auch Luise schloss dann die Lücke zum vorderen Auto. Wenn Luise sah, dass es auf einer anderen Fahrspur schneller vorwärts ging, kannte sie keine Skrupel, plötzlich auf diese Spur zu wechseln. Dies führte dazu, dass sie öfters befremdliche Fahrmanöver durchführte, bei denen sie manchmal quer in der Fahrspur stand. So können auch Unfälle passieren, dachte ich mir. Meinen Gedanken behielt ich für mich, um mich bei Luise nicht unbeliebt zu machen. Als wir nach fast einer halben Stunde nur mit geringem Tempo an der Unfallstelle – ein Auffahrunfall mit ziemlichem Blechschaden, aber zum Glück keinen Verletzten – vorbei fahren konnten, ärgerte sich Luise über die Gaffer, die an einer Unfallstelle extrem langsam vorbei fuhren, da sie alles genau beobachten mußten und dadurch dazu beitrugen, dass sich ein Stau bildete oder nur langsam auflöste. Wir gaben Luise uneingeschränkt Recht.
Wir fuhren weiter Richtung Norden, machten bei Kassel eine kurze Pause und näherten uns dann Hannover. Die Fahrt verlief problemlos. Im Auto war es still. Luise war auf

die Strasse konzentriert und wir anderen dösten oder hingen unseren Gedanken nach. Kurz vor Hannover der nächste Stau. Luise war wieder genervt.
„Jetzt waren wir so gut in der Zeit und dann sowas! Hätte echt nicht sein müssen!“
Ihr genervter Kommentar war sozusagen der Weckruf für uns Mitfahrer, denn alle schienen wieder hell wach zu sein. Astrid meinte noch etwas verschlafen: „Wo sind wir gerade?“
„Kurz vor Hannover“, war der informative Kommentar von Erwin.
„Wie lange dauert es noch nach Hamburg?“, wollte nun Paula wissen, die gerade mit ihrem <Schatzi> telefonierte.
„Normalerweise ne gute Stunde, doch wenn das hier ne längere Sache wird, dauert es länger.
„Du Schatzi, du musst dich noch ein bisschen gedulden bist du dein Mausi wiederhast. Über eine Stunde sicherlich noch. Ich melde mich kurz vor Hamburg nochmal. Bussi, ich freu mich.“ Wir alle durften mithören, wie Paula sehnsuchtsvoll ein Wiedersehen mit ihrem Mann herbeiwünschte. Im Stau ging es nur schleppend voran. Auch ich sehnte das Ende der Fahrt herbei. Nach acht Stunden sitzen im Auto, tat mir der Hintern weh und meine Beine schmerzten zunehmend durch die eingeschränkte Bewegungsfreiheit. Ich schaute aus dem Fenster und suchte draussen nach einer optischen Ablenkung. Doch das einzige was ich sah, waren Autos. Autos über Autos. Grosse, kleine, sportliche, biedere, gepflegte und rostige. Dazwischen geräumige Transporter und Lieferwagen, lange LKWs und ein futuristisch anmutender Reisebus. Ich dachte so vor mich hin. In einem Stau sind alle Blechkutschen vereinigt. Da kann ein Auto noch so teuer, noch so wuchtig, noch so PS-stark sein. Hier kommt man mit seinem Luxusmodell genauso schnell,

hier besser gesagt genauso langsam voran, wie der Kleine, der Leistungsschwache. Ist doch wie im wahren Leben! Ob reich oder arm, ob dick oder dünn, ob gross oder klein, jeder muss einmal sterben. Ein beruhigender Gedanke. Dieser Stau war zäh. Ich entdeckte einen Mittelklassewagen, auf dessen Heckscheibe ein Aufkleber befestigt war.
<Oma und Opa 2017>

Aha, dachte ich mir schmunzelnd, da wurden in diesem Jahr zwei zu Grosseltern, und stellte fest, dass es nun auch die ältere Generation auf die Heckscheibe eines Autos geschafft hatte, da es doch bisher zumeist niedliche oder lustige Kleinkinder-Darstellungen waren, unter denen <Max und Lara an Bord> oder <Nils fährt mit> oder <Leonie on Tour> stand, die darauf hinwiesen, dass die Besitzer des Autos stolze Eltern waren. Jeder wird also irgendwann auf einer Heckscheibe verewigt. Man muss nur lange genug warten können, war mein abschliessender Gedanke, bevor sich der Stau fast wie von Geisterhand auflöste, Luise wieder zügiger fahren konnte und ich das Auto mit dem <Oma und Opa 2017>-Aufkleber aus den Augen verlor.

Eine knappe Stunde später, etwa dreissig Kilometer vor Hamburg, fuhr Luise von der Autobahn, steuerte einen Parkplatz an und liess mich aussteigen. Nach fast neun Stunden Autofahrt betrat ich wieder einmal norddeutschen Boden. Das Küssen des Selbigen, so wie es zuweilen der Papst machte, wenn er ein Gastland betrat, liess ich weg. Ich glaube Norddeutschland wird es mir verzeihen. Auch die anderen nutzten die Fahrunterbrechung, stiegen aus dem Auto, streckten sich, vertraten sich die Beine oder aßen eine Kleinigkeit. Bevor mir Luise meinen Koffer gab, kam sie zu mir. Wir standen etwas abseits von den anderen und sie wollte mir noch etwas mitteilen. Trotz ihrer gedämpften Stimme war die Wichtigkeit ihres Anliegens deutlich hörbar.

„Nun sind wir also am Ende der Fahrt. Peter, du warst ein äusserst angenehmer Mitfahrer und bekommst von mir natürlich die beste Bewertung. Ich hoffe mein Fahrstil war für dich nicht zu nervig, obwohl ich manchmal etwas unkonventionell gefahren bin.“ In Ihrer Feststellung spürte ich eine leichte Besorgnis, dass sie von mir keine gute Bewertung bekommen würde. Ich lächelte sie an und beruhigte sie.
„Ich bin sicher angekommen. Was will ich mehr? Ich bin vollstens zufrieden mit deiner Fahrt. Selbstverständlich bekommst du von mir auch die beste Bewertung.“
Sichtlich erleichtert ging sie mit mir zum Heck ihres Autos, öffnete die Kofferraumklappe und gab mir meinen Rucksack. Zwei Freiwillige stützten währenddessen wieder die Klappe und liessen sie danach geräuschvoll zufallen.
Mein norddeutscher Freund bog mit seinem grauen Lieferwagen auf den Parkplatz ein. Ich verabschiedete mich von allen, wünschte allen eine gute Weiterfahrt und begrüßte meinen Freund. Auch wenn heute nicht der offizielle Internationale Tag der Freundschaft war, so war unser Wiedersehen allemal ein Tag der Freundschaft.

7 Ich sehe dich, du siehst mich nicht

Es gibt wahrlich Schöneres an einem heissen Julitag, als eine Stunde Zug zu fahren, mit einem schweren Rucksack durch einen unbekannten Stadtteil zu irren und anschliessend noch fünf Stunden in einem Auto zu sitzen. Man könnte so angenehme Sachen machen, wie seinen einzigartigen Alabasterkörper in kühles Wasser eintauchen, ein erfrischendes Eis geniessen oder im Schatten eines grossen Baumes alle Viere von sich strecken. Doch da ich meine Mitfahrt schon vor einer Woche verbindlich gebucht hatte, liess ich die angenehmen Dinge in meinen Gedanken verweilen und packte meine Sachen. Dieses Mal brauchte ich mehr als sonst, da ich ganze zwei Wochen in meiner alten Heimat blieb. Welches Gepäckstück sollte ich dafür wählen? Mittelgrosser Rollkoffer oder grosser Wanderrucksack? Ersteres wäre bequemer gewesen, da ich ihn hinter mir herziehen kann. Doch sein Fassungsvermögen ist beschränkt und so entschied ich mich für Letzteren, zumal ich den Rucksack schon vor einiger Zeit für teures Geld gekauft, aber für seinen eigentlichen Zweck, zum Wandern, viel zu selten benutzt hatte. Ich stopfte also den grüngrauen Wanderrucksack voll mit drei kurzen Hosen, drei kurzärmligen Hemden, mehreren Poloshirts, zahlreichen Unterhosen, zwei Unterhemden, ein Dutzend Socken und war längst noch nicht fertig.

Da die Temperaturen in diesem Sommer innerhalb weniger Tage grosse Schwankungen von heiss bis kühl und wieder umgekehrt vollführten, war es ratsam, auch eine Langversion von Hose und Hemd inklusive Jacke einzupacken. Der Rucksack füllte sich merklich und bot nur noch Platz für den

Kulturbeutel. Doch irgendetwas fehlte noch! Aber was? Nach angestrengtem Nachdenken und der plötzlich aufkommenden Vorfreude auf ein Bad im idyllisch gelegenen Weiher fiel es mir ein. Die knielange, farb- und designetechnisch ansprechende Badehose mußte noch mit. Sie war ein Geschenk meiner Kinder, da sie sich immer beschwerten, dass meine Vorgängermodelle altmodisch, eintönig und langweilig wären. So, der Rucksack war voll und die Zeit drängte. Der Zug fuhr in zehn Minuten.
Nach über einer Stunde Zugfahrt war ich da. Da die Haltestelle einige hundert Meter vom vereinbarten Treffpunkt entfernt war, machte ich mich zu Fuss, mit meinem schweren Rucksack im Schlepptau, auf den Weg. Rechts, gegenüber von einem kleinen Platz, erhob sich eine hohe Wand, die zu einem grossen Einkaufszentrum gehörte. Links verliefen die Schienen der S-Bahn und dahinter erhoben sich hohe Betonbauten. Doch von einer Strasse war weit und breit nichts zu sehen. Zwar hatte ich mir vor der Reise noch einen Kartenausschnitt ausgedruckt – ich gehöre noch zu der altmodischen Spezies, die nur ein einfaches Handy ohne Navi-App besitzt – aber irgendwie war ich jetzt doch etwas überfordert. Wo war ich jetzt und wo mußte ich hin? Ich hatte einen Kartenausschnitt, aber keine Orientierung.
Nach dem Weg zu fragen, verbot mir mein Stolz. Ausserdem hatte ich noch 15 Minuten bis zur vereinbarten Zeit. Das sollte doch reichen, um den Treffpunkt selbständig zu finden. Ich verliess also den Platz, ging eine breite, autofreie, dafür mit zahlreichen Menschen bevölkerte Einkaufsstrasse entlang, sah mich um und war noch etwas mehr überfordert. Keine Autostrasse weit und breit, dafür Geschäfte und Restaurants, die sich wie eine Schnur aneinanderreihten und vor denen sich Einheimische und Touristen tummelten. Der Duft von gegrilltem Fleisch, gebratenem

Käse, ofenfertigen Pizzen und frischen Backwaren wehte mir um die Nase und verführte meine Sinne. Eine kurze Rast und ein schmackhafter Imbiss wären jetzt nicht schlecht gewesen, aber mein Fahrer wartete auf mich und ich wußte den Weg zu ihm immer noch nicht. Da, ein Hoffnungsschimmer! In weiter Ferne, vorbei an den Menschenmassen, sah ich etwas, das einer Strasse mit Autos gleichkam. Ich ging die Einkaufsstrasse entlang, erreichte die Strasse und stellte enttäuscht fest, dass es die falsche war. Also wieder zurück.

Langsam wurde die Zeit knapp. Mein Handy klingelte. Ich ging ran. Es war mein Fahrer. Wo ich sei, wollte er wissen. Er sei schon da. Ich sagte ihm, dass ich kurzzeitig die Orientierung verloren hätte, aber guter Dinge sei, ihn zu finden. Sein lapidarer Kommentar: Er warte an der grossen Kreuzung, die sich gleich hinter der Unterführung befinde. Wir beendeten unser Gespräch und ich ging die Einkaufsstrasse wieder zurück. Nach einigen Metern zweigte von dort eine andere gleichbreite Strasse ab, die auch nur für Fussgänger war. Am Ende verbreitete sich diese Strasse zu einem Platz. Ein Taxi stand dort. Ich ging, eingerahmt von geschäftigen und flanierfreudigen Fussgängern, darauf zu, holte meinen Kartenausschnitt heraus und zeigte ihn dem südländisch aussehenden Taxifahrer.

„Können Sie mir bitte zeigen, wo ich hier bin?“

Der Mann betrachtete meinen Kartenausschnitt und schwieg. Es schien als suchte er seinen Standort. Ich stand daneben und schwieg auch. Die Sekunden verrannen. Der Mann drehte den Kartenausschnitt, schaute suchend durch Front- und Seitenscheibe seines Taxis, blickte nochmals auf die Karte und schüttelte leicht den Kopf. Er drehte die Karte wieder um neunzig Grad und schwieg immer noch. Die Sekunden verrannen weiter. Endlich, nach einer gefühlten

Minute in der er schwieg, schaute, den Kopf schüttelte und wieder schwieg, meinte er, mit dem Zeigefinger auf die Karte zeigend: „Wir sind jetzt, glaube ich, hier!“ Eine überzeugende Standortfeststellung hört sich für mich anderes an und wie um meinen Eindruck zu bestätigen, korrigierte er seine Aussage kurz darauf prompt. „Oder? Nein, hier sind wir!“ Er verschob seinen Finger zu einem anderen Platz auf der Karte. „Ja, logisch. Hier!“ Ich bringe die Plätze noch immer manchmal durcheinander. Wissen Sie...“
So schweigsam der Mann am Anfang war, so gesprächiger wurde er jetzt. Aber ich hatte keinen Nerv und keine Lust auf eine längere Unterhaltung und wollte nur wissen, wo der Weg lang ging. „Also wir sind hier und da muss ich hin!“ Jetzt deutete er mit dem Arm Richtung Seitenfenster, drehte auch seinen Kopf in die Richtung und meinte: „Dort drüben ist die Tramhaltestelle. Wenn Sie den Schienen in diese Richtung nachgehen“, er schwenkte seinen Arm in die andere Richtung, „dann kommen sie durch eine Unterführung. Hinter dieser Unterführung ist die grosse Kreuzung, wo sie hinwollen.“
Ich bedankte mich bei dem Taxifahrer für die Auskunft, lies mir den Kartenausschnitt aushändigen und machte mich auf den Weg. Ein Blick auf meine Armbanduhr zeigte mir, dass der vereinbarte Zeitpunkt da war, aber ich die Kreuzung immer noch nicht sah. Während dem Gehen rief ich meinen Fahrer an, um ihm zu sagen, dass ich unterwegs sei. Es könne sich nur noch um wenige Minuten handeln, bis ich an der Kreuzung wäre. Ich beschleunigte meinen Gang, da es doch weiter war, als ich dachte. Spätestens jetzt dachte ich mir: „Hätte ich nur den Rollkoffer, statt dem schweren Wanderrucksack genommen.“ Durch das Gewicht des Rucksacks, den schnellen Gang und die hohen Temperaturen

begann ich zu schwitzen. Ausserdem war ich müde und die Beine taten mit weh.
Gleich ging es in die Unterführung, die länger war als erwartet. Dort war es dunkel, laut und stickig. Alles andere als eine Wohlfühloase. Das Ende der Unterführung, die sich zu einem Minitunnel ausgedehnt hatte, nahte. Welch Wunder. Ich sah sogar die grosse Kreuzung und ging mit grossen Schritten auf sie zu. Die Kreuzung war wirklich groß. Vier, teilweise fünf Fahrspuren in eine Richtung, die Abbiegespuren miteingerechnet. Bei vier Richtungen macht das um die zwanzig Fahrspuren insgesamt. Wo würde da mein Fahrer am Rand stehen? Vom Foto auf der Internetplattform wußte ich, dass er eine Glatze hatte. Mehr aber auch nicht. Ich schaute mich um und sah viele Männer auf dem Fussgängerweg neben der Kreuzung gehen. Einige standen und warteten auf irgendwas, aber ein Mann mit Glatze war nicht dabei. Auch nach längerem Suchen sah ich ihn nicht. Also rief ich ihn nochmals an und teilte ihm mit, dass ich jetzt hier sei, aber er nicht. Er meinte, ich solle zu dem grösseren Parkplatz am oberen Ende der Kreuzung gehen, dann hole er mich gleich da ab. Erst nachdem ich wieder aufgelegt hatte und auf meinen Kartenausschnitt schaute, merkte ich, dass es zwei grosse Parkplätze an der Kreuzung gab. Sie lagen etwa zweihundert Meter auseinander in jeweils der entgegengesetzten Richtung. Na toll!, dachte ich mir, und welcher ist jetzt der am oberen Ende der Kreuzung, den er meinte? Ich ging zu dem Parkplatz, der von mir aus gesehen näher lag. Der Schweiss rann mir mittlerweile über Kopf und Rücken, als würde ich einen Marathonlauf absolvieren. Dabei wollte ich doch nur von der S-Bahn-Haltestelle zu meinem Fahrer, was lauf Kartenausschnitt nicht mehr als 300 Meter Luftlinie wären.

ICH KANN DICH NICHT SEHEN!
DU MUSST MICH ABER SEHEN KÖNNEN. ICH BIN DER, DER DIR GERADE ZUWINKT.

Ich wartete auf dem Parkplatz, von dem ich die Kreuzung überblicken konnte. Ich sah konzentriert in die Weite, sah aber keinen Mann mit Glatze. Dafür Unmengen von Autos, Lastwägen, Bussen und vereinzelt grosse Motorräder und kleine Motorroller, die vor roten Ampeln anhielten und sich bei Grün rasant oder träge in Bewegung setzten. Eben Großstadtverkehr, an einer vielbefahrenen Kreuzung. Fahrradfahrer waren hier eindeutig in der Minderheit. Meine tranceartige Betrachtung des Kreuzungsverkehrs wurde durch das Klingeln meines Handys unterbrochen. Es war mein Fahrer. Er wollte wissen, wo ich denn sei. „Beim oberen Parkplatz“, antwortete ich. Er sei auch beim oberen Parkplatz, könne mich aber nicht sehen. Ich solle ihm beschreiben, welches auffällige Gebäude neben meinem Parkplatz wäre, damit er sich orientieren könne.
„Hinter meinem Parkplatz steht ein hohes Gebäude mit vielen Fenstern. Im unteren Bereich der Fenster erstreckt sich über fast die ganze Gebäudelänge eine Stofffläche, auf der in grosser Schrift für verschiedene Firmen Werbung gemacht wird“, beschrieb ich ihm das Gebäude.
Für einen kurzen Moment war es still in der Handyleitung. Er schien das Gebäude zu suchen. „Ich kann dich nicht sehen“, sprach er dann.
Dafür hatte ich jetzt gleich zwei Männer mit Glatze entdeckt, die dummerweise beide ein Handy am Ohr hatten. Der eine trug die Haare, die im am Kopf fehlten, im Gesicht, in der Form eines üppigen Vollbartes. Er machte während dem Telefonieren ein paar Schritte, blieb dann wieder stehen, schaute in Richtung der Kreuzung und ging wieder ein paar Schritte. Dieses Spielchen wiederholte sich ein paar Mal.
Der andere Mann hatte gar keine Haare. Nicht am Kopf und nicht im Gesicht. Er blieb während dem Telefonieren ste-

hen und schaute immer wieder suchend zur Kreuzung. Ich tippte darauf, dass er mein Fahrer sei und sagte zu ihm durchs Telefon, dass er mich jetzt sehen müßte, da er in meine Richtung schaue. Er legte seine Hand als Blendschutz an die Stirn, schaute weiterhin in meine Richtung, konnte mich aber, obwohl ich nun die Hand hob, immer noch nicht sehen.

„Hier bin ich“, sagte ich ihm, mit einem Anflug von Verzweiflung in der Stimme, durchs Handy und dachte mir noch: Das gibt es doch nicht. Der muss mich doch jetzt sehen. Liegt es daran, dass ihn die Sonne zu sehr blendet oder weil ich keine hübsche, junge Frau mit Minirock bin, bei der es sich lohnt, ihr hinterher zu schauen!

Zwischen unserem Blickfeld schob sich ein langer Gelenkbus, der vor der roten Ampel warten mußte. Ich fragte ihn, immer noch telefonierend, ob er den Bus sehen könne. Er bejahte. Wenn der Bus wieder losfährt und die Sicht frei gibt, müßte er mich sehen. Zur Sicherheit hob ich nochmals meinen Arm und winkte ihm zu. In der Leitung war es kurz still, bis ich die erleichternden Worte hörte: „Ah, da bist du!“ Ich kommentierte das Ganze mit einem kurzen „Genau“ und war froh darüber, dass die Sucherei ein Ende hatte.

Nachdem ich mich noch über eine Kreuzung kämpfen mußte, begrüßte er mich mit einem breiten bayerischen „Servus“ und fügte noch hinzu: „Schön dass wir uns noch gefunden haben.“

„Ja, schön dich zu treffen“, sagte ich ihm. Wurde auch Zeit. Hoffentlich findet er den Weg nach Bayern und muss nicht noch lange suchen, so wie hier! Letzteres behielt ich für mich. Im Auto konnte ich auf meinem Stammplatz hinten rechts sitzen und die anschliessende Fahrt war letztendlich angenehm und kurzweilig.

8 Die Maut

Ein metallicblauer Peugeot Kombi älteren Modells hielt auf dem Parkplatz einer Schnellimbisskette. Meine Mitfahrgelegenheit! Schon wieder eine französische Automarke mit der ich mitfahren durfte. Von den letzten drei Fahrzeugen bei denen ich mitgefahren bin, waren zwei von der Marke Peugeot und ein Citroën. Da heutzutage vieles mit Statistiken belegt wird, könnte ich ja mal eine Statistik darüber erstellen, mit welcher Automarke ich am häufigsten mitfahre. Ob dabei französische Automarken weit vorne landen würden weiss ich nicht, was ich aber speziell mit französischen Automarken verbinde, ist ein aussergewöhnliches, ja geradezu ein erhabenes Fahrgefühl. Besonders zwei Marken sind mir da in spezieller Erinnerung. Einmal ist es der Citroën 2CV, der liebevoll auch <Ente> genannt wird. Ich hatte einal das Vergnügen mit einer <Ente> mitfahren zu dürfen. Diese Fahrt werde ich wohl nie vergessen, schon alleine deshalb, weil die aussergewöhnliche Karosserieform eines <deux chevaux> – so der auf Französisch lautende Name für die <Ente> – stets die Blicke auf uns lenkte. Es war ein lauwarmer Spätsommertag und wir fuhren durch die fränkische Schweiz. Ein Freund von mir, eine Bekannte von ihm, der auch das Auto gehörte, und ich. Da es angenehm warm war, war das Faltdach geöffnet. Ich sass hinten und bekam den frischen Luftzug voll zu spüren. Das laute Motorengeräusch machte eine Unterhaltung unmöglich. Die weiche Federung des Autos sorgte dafür, dass bei jeder Strassenunebenheit ein ausgiebiges Wippen des Sitzes folgte. War das schon eine Kuriosität für sich, so stellten Kurvenfahrten ein im wahrsten Sinne des Wortes schräges

Highlight dar. Die Seitenneigung war dermassen stark, dass man eine berechtigte Angst haben mußte, gleich umzukippen, was aber glücklicherweise niemals vorkam. Trotzdem überkam mich das ein oder andere Mal ein eigenartiges Gefühl in der Magengegend. Dagegen fuhr die Fahrerin fröhlich lächelnd die lieblich daliegende Landstrasse entlang und freute sich diebisch auf die nächste Kurve.
Glich diese Mitfahrt in einer <Ente> eher einem Ritt auf der Rasierklinge, so war die Fahrt mit einem Citroën XM ein geradezu erhabener Moment. Auch hierzu muss ich kurz in die Vergangenheit schweifen. Damals, in meinen jungen Jahren, fuhr ich in meiner Geburtsstadt Regensburg nebenbei Taxi. Mein Chef teilte mir irgendwann mit, dass er sich ein neues Taxi anschaffen wird, nämlich einen Citroën XM. Ich nahm es mit Freude zur Kenntnis, da es immer schön ist, wenn man mit einem neuen Auto rumfahren darf. Was mich aber dann in Punkto Fahrgefühl und Raumausstattung erwartete, stelle alles bisher Dagewesene weit in den Schatten.
Es fing schon damit an, dass die Karosserie eines Citroën XM sich von damals gängigen Taximodellen dadurch unterschied, dass der Franzose eine auffällig, nach vorne spitzzulaufende Motorhaube hatte. Diese ging in einen schmalen Kühlergrill über, an dem sich rechts und links ebenso schmale, dezent wirkende Scheinwerfer anschlossen. Auch die übrige Karosserieform des Franzosen zeigte eine genussvolle Leichtigkeit, gepaart mit extravaganter Eleganz, wie sie der Lebensart des französischen Volkes gemeinhin nachgesagt wird. Im Gegensatz dazu könnte die wuchtige Karosserie des Mercedes mit grossem Kühlergrill und markanten Scheinwerfern als Spiegelbild dafür gelten, dass auch der Deutsche an sich ein robustes, schnörkelloses

Wesen besitzt, das durch standhafte Präsenz und unerschütterliche Stärke glänzt.
Als ich mich dann das erste Mal in den neuen Citroën XM setzte, war ich von dem Raumangebot stark beeindruckt. Alles wirkte gross, breit und geräumig. Den Vogel schoss aber dann das Cockpit ab. Vor mit breitete sich ein breites, futuristisch angehauchtes Armaturenbrett aus, auf dem es immer irgendwo leuchtete und das mit Schaltern und Knöpfen übersät war. Sogar am Innentürgriff und über dem Fahrersitz befanden sich einzelne Knöpfe. Fehlte nur noch, dass der Automatikhebel einen verkappten Schubhebel darstellte, so dass man wie ein Flugzeug starten könnte. Genauso fühlte ich mich nämlich. Wie in einem Cockpit eines Flugzeuges. Auch das Fahren in einem Citroën XM fühlte sich fast wie Fliegen an. Bereits eine leichte Berührung auf dem Gaspedal genügte und der Wagen fuhr nicht lautstark und schwerfällig, nein, er schwebte lautlos und geradezu graziös über den Asphalt. Strassenunebenheiten wurden sanft wiegend abgefedert, so dass man sich in einer angenehm schaukelnden Sänfte wähnte und ständig wurde irgendetwas geregelt, gepumpt oder ausgeglichen, was an dem neuartigen hydraulisch gesteuerten Fahrwerk lag. Auch dieses Auto werde ich niemals vergessen. Doch ich schweife schon wieder ab. Eigentlich wollte ich ja über meine Mitfahrt erzählen.
Genau, ein blauer Peugeot Kombi samt drei Insassen wartete auf dem Parkplatz auf mich. Der Fahrer stieg aus und begrüsste mich. Ein junger Kerl mit blonden, schulterlangen Haaren und einem Dreitagebart, Typ verwegener Herzensbrecher. Noch bevor er meinen Rucksack im Kofferraum verstaute, kam auch der Beifahrer hinzu und begrüßte mich ebenfalls. Abgesehen davon, dass sie etwa das gleiche Alter hatten, war er rein äusserlich das pure Gegenteil des Fah-

rers. Mit seinen kurzen, braunen Haaren, die akkurat gekämmt waren und dem bartlosen, mit einer Hornbrille geschmückten Gesicht, sah er wie ein bieder wirkender Jüngling aus, den sich zwar verantwortungsbewußte und sicherheitsliebende Schwiegermütter für ihre Töchter wünschten, dem aber die Töchter selbst eventuell weniger Aufmerksamkeit schenkten, da er in ihren Augen zu brav und zu langweilig aussah.
So unterschiedlich die Freunde äusserlich aussahen, sie widmeten sich doch dem gleichen Hobby, dem Bergsteigen. Im Kofferraum befanden sich zwei prallgefüllte, grosse Bergsteigerrucksäcke, an denen je ein Kletterhelm befestigt war. Ausserdem standen neben den Rucksäcken Bergsteigerschuhe, denen man ansah, dass sie schon ein paar Mal getragen wurden. Der blonde Fahrer verstaute meinen Rollkoffer, der Beifahrer schloss die Klappe des Kofferraums und ich schaute interessiert zu. Sowas nennt man dann wohl optimale Arbeitsteilung. Wir gingen alle zu unseren Autotüren und nahmen kurz darauf auf den Sitzen Platz. Neben mit sass ein junger Mann, den ich auf ungefähr 30 schätzte. Wir begrüßten uns kurz und dann schaute er wieder auf sein Smartphone, das er bis zum Schluss der Fahrt nicht mehr aus der Hand nahm, ausser für den späteren Gang auf die Toilette und als er sich etwas zu essen kaufte.
Die Fahrt begann. Nach der üblichen Kurzvorstellung mit Fragen, was man berufstätig macht, wo man wohnt und was einen mit den Start- und Zielorten verbindet, kam das Gespräch auf die Fahrroute. Die ursprüngliche Route, die der Fahrer auf der Internetplattform angegeben hatte, führte von Regensburg, über Nürnberg, Heilbronn, Stuttgart nach Lörrach, das sich ganz im Westen, kurz vor der Schweizer Grenze befindet. Als ich dem Fahrer sagte, dass ich noch weiter in die Schweiz müsse und als auch der ne-

ben mir sitzende Mitfahrer sagte, dass er in die Schweiz müsse, begannen die beiden vorne Sitzenden zu beraten, ob sie eine andere Route fahren wollen. Zu diesem Zweck zog der Beifahrer einen grossen Autoatlas aus der Beifahrertür und studierte eine mögliche Alternative zur ursprünglichen Fahrroute.

Jetzt war ich verdutzt. Mein heiteres Erstaunen richtete sich nicht so sehr auf die Tatsache, dass sie eventuell eine andere, für mich besser verlaufende Fahrroute wählen wollten, sondern viel mehr darauf, dass sie die Dienste eines dicken Atlas, der sich aus unzähligen bedruckten Papierseiten zusammensetzt, die mit einem stabilen Buchrücken zusammengehalten werden, in Anspruch nahmen. Und das in der heutigen Zeit, in der die Suche nach der optimalsten Fahrroute für gewöhnlich einem postmodernen Navigationsgerät anvertraut wird. Ich fühlte mich sofort an <Vor-Internet>-Zeiten erinnert, in denen bei Fernreisen mit dem Auto erwartungsvoll der Reiseatlas aufgeschlagen wurde oder mit Bedacht – da sie leicht zerreissen hätte können – eine auseinanderfaltbare Landkarte auf der Motorhaube ausgebreitet wurde.

Nach Betrachtung des Atlas und Besprechung mit seinem Freund fragte uns der Beifahrer, ob es uns etwas bringen würde, wenn sie über München, Lindau, Zürich und Basel fahren würden. Wie auf Kommando antworteten mein Nachbar und ich gleichzeitig mit „Ja“. „Gut“, meinte der Fahrer, „dann fahren wir diese Strecke“.

Schön, dachte ich mir, wenn man sich mit dem Fahrer so unkompliziert einigen konnte, da ich diesbezüglich auch schon andere Erfahrungen gemacht hatte. Wir näherten uns jetzt also nicht Nürnberg, sondern München. Ich hörte den beiden vorne Sitzenden noch eine Weile zu, wie sie sich darüber unterhielten, welchen Berg sie am nächsten Tag

besteigen und welche Route sie dafür nehmen wollten und nickte dann irgendwann ein.
„Was, die spinnen ja. Für elf Quadratmeter verlangen die vierhundert Euro. Unverschämtheit!“
„Tja, in Berlin kann dir das passieren.“ Der Dialog über die Berliner Mitpreise zwischen dem Beifahrer und meinem Nachbarn, der offensichtlich in Berlin wohnte oder zumindest aus Berlin kam, liess mich aus meinem Schlaf erwachen. Meine gedankliche Empörung über diese Wucherpreise hielt sich noch in Grenzen, da ich ein paar Sekunden brauchte, bis ich wieder voll da war und bis ich mich auch geografisch orientieren konnte. Erst als ich das Hinweisschild für die Autobahnausfahrt Gilching sah, realisierte ich schlagartig, dass wir bereits an München vorbeigefahren und jetzt Richtung Lindau unterwegs waren.
„Für das Geld kannst du dir gleich einen ganzen Flüchtlingscontainer inklusive Mobiliar mieten“, meinte der Beifahrer lapidar.
Schweigen breitete sich aus. Ob dies damit zusammenhing, dass der Begriff Flüchtlinge erwähnt wurde und somit unterschwellig die ganze leidvolle Diskussion mit dem ungelösten Umgang der Flüchtlinge angesprochen wurde, oder ob sich das Thema einfach vollumfänglich erschöpft hatte, kann ich nicht sagen. Das Schweigen hielt eine Weile an und erst jetzt viel mir auf, dass gar kein Radio eingeschaltet war. Das sollte mich eigentlich nicht beunruhigen, wenn da nicht statt des fehlenden Geräuschs aus dem Äther die unrunden Töne aus dem Fahrzeug gewesen wären. Da ratterte doch irgendetwas im Achsenbereich, dachte ich mir, behielt aber diese Gedanken für mich, da ich mir nicht sicher war, ob dieses leichte Rattern typisch für dieses Auto und somit ganz normal war, zumal auch der Fahrer und der Beifahrer keine Bedenken geäussert hatten oder ob das

Rattern untypisch war und ich durch meine Besorgnis eine allgemeine Unruhe auslösen würde. Ich hoffte also darauf, dass alles gut geht und wir heil ankommen, was dann später auch der Fall war.
Lindau und somit die Grenze zu Österreich kam näher und es entwickelte sich zwischen allen Fahrzeuginsassen eine lebhafte Diskussion über Sinn, Zweck und Unsinn einer Maut.
„In Österreich braucht man doch eine Maut auf der Autobahn, oder?“
„Auch für die paar Kilometer? Wir fahren doch gleich nach dem Tunnel wieder runter.“
„Die Österreicher juckt das nicht. Die wissen genau, dass sich viele den nervigen Verkehr durch Bregenz ersparen wollen und lieber die Autobahn nehmen.“
„Ach komm jetzt! Die paar Kilometer!“
„Da hat mein Nachbar schon recht. Auch für das kurze Autobahnstück braucht man eine Vignette.“
„Na toll! Weiss jemand, wieviel die kostet und wie lange die dann gültig ist?“
„Keine Ahnung.“
„Soviel ich weiss, ist die Vignette in Österreich gestaffelt. Wie diese Staffelung aussieht, weiss ich aber nicht.“
„Für die Schweiz brauchen wir dann auch eine Vignette.“
„Da ist wenigstens alles klar geregelt. Die gilt für ein Jahr und basta.“
„Was kostet die gleich nochmal?“
„Ich glaube 30 Euro.“
„Eher Franken.“
„Sicher 30 Franken?“
„Schön wär’s. Die kostet 40 Franken.“
Kurze Stille.
„Eigentlich ist so eine Maut schon sinnvoll.“

„So, glaubst du?“
„Ja, warum nicht? Mit den Einnahmen finanziert man den Strassenbau.“
„Der Dobrindt will jetzt auch für Deutschland die PKW-Maut einführen.“
„Hör mir bloss auf mit dem Dobrindt, diese Knalltüte. Der ist doch in der Regierung ein Aussenseiter und will sich mit der Maut profilieren.“
„So wie es aussieht, kommt er damit durch.“
„Abwarten!“
Wieder kurzes Schweigen.
„Wie soll denn das funktionieren?
„Der will Vergünstigungen für die einheimischen Autofahrer.“
„Das darf er aber laut EU-Recht nicht.“
Durch die emotional geführte Diskussion verpaßte der Fahrer die letzte Autobahnausfahrt vor der österreichischen Grenze und somit auch die letzte Möglichkeit, sich zumindest die Vignette für die österreichischen Autobahnen zu ersparen. Er steuerte deshalb leicht resigniert den kleinen Rastplatz an, auf der sich eine Vignettenverkaufsstelle befand. Kurz darauf klebte das <Pickerl> auf der Windschutzscheibe und die Fahrt ging weiter durch den Pfändertunnel. Während und nach dem Tunnel war die Maut kein Thema mehr. Vielmehr war die Konzentration des Fahrers und des Beifahrers darauf gerichtet, dass sie nach der Autobahnausfahrt die richtige Strasse zur Schweizer Grenze fanden. Zwei Stunden später war ich zu Hause.

9 Heringsdose

Eine Zugfahrt von München nach Regensburg dauert eineinhalb Stunden und kostet Geld. Ersteres ist hinnehmbar, Letzteres ist wenig überraschend. Die gleiche Strecke mit Mitfahrgelegenheit dauert, wenn alles glatt läuft, eine halbe Stunde weniger und ist obendrein noch günstiger. Also hatte ich mit jemanden eine Mitfahrt ab München nach Regensburg abgemacht, da mein Fahrer nur bis zur bayerischen Landeshauptstadt fuhr. Nach einer kurzen Fahrt mit der S-Bahn, die mich fast so viel kostete, wie die später folgende Mitfahrt nach Regensburg, da ich in Unkenntnis des Münchner S-Bahntarifdschungels die falsche Zone wählte, erreichte ich einen grösseren Platz im Münchner Osten. Ich sendete meinem Fahrer per SMS eine Nachricht, dass ich jetzt da sei.

Es war bereits dunkel und unangenehm nasskalt. Frierende Menschen standen an den Bushaltestellen und schauten gedankenverloren den ankommenden und abfahrenden Bussen hinterher. Stoppte ein Bus vor der Halte-stelle wollte jeder schnell einsteigen, um der unangenehmen Kälte zu entfliehen. Hinter den Bushäuschen erstreckte sich ein grösserer Parkplatz, der mein Ziel war.

Ich begann meinen Rollkoffer über den nassen Asphalt hinter mir her zu ziehen und machte mich auf zum Parkplatz. Mein Handy piepste. „Stehe in der zweiten Reihe ziemlich weit hinten. Warte!"

Na hoffentlich, dachte ich und schrieb zurück: „Gut, bin gleich da."

Ich erreichte nach kurzer Zeit die ersten Autos beim Parkplatz, ging an der ersten Reihe vorbei und stand wenig spä-

ter vor der zweiten Reihe. Wie hatte es in der SMS noch geheissen: „Stehe ... ziemlich weit hinten.“
Ich ging die zweite Reihe entlang und die Reihe war wirklich lang. Ich wußte nur, dass es sich um ein kleines Auto handeln mußte und dass der Fahrer einen fremdländischen Namen hatte. Neben dem drittletzten Auto in der Reihe stand ein Mann und winkte mir zu. Das mußte er sein. In der Dunkelheit und der mangelhaften Lichtquelle auf dem Parkplatz war alles nur diffus zu erkennen, aber ich sah ihn.
Ich kam näher und kurz darauf stand vor mir ein mittelgrosser, junger Mann mit asiatischen Gesichtszügen und grinste mich an.
„Hallo, fährst du mit nach Regensburg?“
„Ja“
„Ich bin Anton.“
Ungewöhnlicher Name für einen Asiaten dachte ich und stellte auch mich vor.
„Ich bin Peter.“
Anton musterte mich, meinen Rollkoffer und meinen kleinen Rucksack.
„Der Koffer sollte im Kofferraum noch Platz haben, aber den Rucksack mußt du zu dir nach vorne nehmen.“
Seine Stimme klang sanft, aber doch bestimmend.
Er öffnete den Kofferraum und was soll ich sagen: Er war voll. „Wo bitte schön sollte da mein Koffer noch Platz haben?“ Meinen Gedanken behielt ich für mich.
Als ob er meine gedankliche Frage ahnte, sprach er zu mir: „Ich muss nur ein bißchen umschichten, dann sollte dein Koffer auch noch Platz haben.“
Er nahm eine Reisetasche aus dem Stauraum und gab sie mir zum Halten. Eine andere Tasche verschob er von rechts nach links und machte es mit einer zweiten ähnlich. Ich erhaschte währenddessen einen kurzen Blick in den Innen-

raum des Autos. Zwei Leute konnte ich sehen, die hinten saßen. Ob auf dem Beifahrersitz jemand saß, war in dem kurzen Augenblick nicht festzustellen. Anton nahm meinen Koffer und legte ihn in die freigewordene Lücke. In die zweite Lücke stopfte er die Tasche, die ich kurz vorher noch in der Hand hielt. Er drückte an der einen Tasche, schob an einer zweiten Tasche und schloss schließlich den Kofferraum. Die Klappe ging gerade so zu.

Anton gab mir Geleitschutz und gemeinsam gingen wir zur Beifahrerseite des Autos. Ich wollte schon die Vordertür aufmachen, da ich annahm, dass der Beifahrersitz für mich freigehalten wurde. Hinten saßen ja bereits zwei Leute.

Eine junge Frau schaute mich durch die Fensterscheibe des Beifahrersitzes an. Ob sie eher grimmig schaute oder lächelte, konnte ich aufgrund der Dunkelheit nicht genau sehen. Was ich jedoch eindeutig sah, dass vorne besetzt war. Meine Befürchtung, dass ich mich hinten reinquetschen mußte, wurde Gewissheit. Ich öffnete also die hintere Tür und sah in ein ernüchtertes Gesicht eines jungen Mannes, das so viel aussagte wie: „Muss sich jetzt der Typ auch noch zu uns gesellen. Ist doch schon alles voll. Na zum Glück ist er schlank und nimmt nicht so viel Platz weg." Das Gesicht gehörte zu einem jungen Mann mit schulterlangen Haaren, der zwar nicht dick, aber auch nicht gerade schlank war.

Anton meinte dann zu mir, dass ich in der Mitte Platz nehmen sollte, da ich ja schlank sei. Ich nickte kurz und wartete darauf, dass der junge Mann aussteigen würde, so dass ich in die Mitte konnte. Ausser einem kurzen, emotionslosen „Hallo", das er von sich gab, tat sich nichts. Er saß weiterhin seelenruhig auf der Rücksitzbank. Wenigstens drehte er kurz darauf seine Knie nach aussen, so dass der Beinbereich frei war. Mit umständlichen Verrenkungen und dem kleinen

Rucksack im Schlepptau gelang es mir, in der Mitte Platz zu nehmen. Links neben mir saß eine junge Frau, die mich kurz grüßte und sich dann zur hinteren Seitentür lehnte, so dass wenigstens zwischen uns beiden einigermassen Platz war, wenn schon der Abstand zwischen mir und dem rechten Sitznachbarn sehr bescheiden war. Von Beinfreiheit spreche ich erst gar nicht. Wir lagen beziehungsweise sassen also wie die Heringe zusammengepfercht in der Dose respektive auf der Rücksitzbank. Anton, der mittlerweile feststellte, dass wir drei uns hinten blendend arrangierten, ging zufrieden zur Fahrertür und stieg ein.
Wir fuhren vom Parkplatz, durchquerten München bei Nacht und gelangten irgendwann auf die Autobahn. Im vollbesetzten Auto war es still, totenstill, direkt unheimlich. Wir, also der Fahrer und die vier Mitfahrer hatten sich nichts zu sagen. Sehr aussergewöhnlich, um nicht zu sagen befremdlich, da man eine Mitfahrt bei jemand unter anderem deshalb macht, dass man ins Gespräch kommt und dass die Autofahrt unterhaltungstechnisch nicht so eintönig ist. Aber während dieser Nachtfahrt war Stille das vorherrschende Gebot. Gut, vielleicht lag es schlicht und ergreifend auch daran, dass es draussen dunkel war oder weil vor wenigen Tagen der schwedische Bestsellerautor Henning Mankell gestorben war oder weil wir feststellten, dass unser Fahrer nicht die sicherste Fahrweise hatte.
Ich weiss nicht, wie es ihnen dabei geht, aber ich finde, man sieht es jemanden an, ob er schon jahrelange Erfahrung beim Autofahren hat oder ob jemand erst seit kurzem Fahrpraxis besitzt.

Letzteres war bei unserem Fahrer der Fall und vielleicht dachten sich alle Mitfahrer, dass wir unseren Fahrer nicht durch unnötiges Geschwafel ablenken sollten, damit er sich voll auf den Verkehr konzentrieren konnte. Meine Sitzposition war eingeengt, aber, da die Fahrt dieses Mal nicht so lange dauerte, war es zum Aushalten.
Irgendwann erreichten wir Regensburg und die wenigen Sätze, die während der Fahrt gesprochen wurden, liessen sich an den Fingern einer Hand abzählen.
Das Thema der knappen Unterhaltung, die ausschließlich zwischen den beiden vorne sitzenden Personen stattfand, war dann auch nicht auf die persönliche Situation bezogen, wie etwa: „Was machst du beruflich?“ oder „Was studierst du?“ oder „Kommst du aus Regensburg?“ oder „Was machst du hier?“ oder „Bist du schon öfters mit einer Mitfahrgelegenheit gefahren?“ sondern richtete sich ausschließlich auf das Verkehrsgeschehen. „Heute ist wieder mal viel los auf der Autobahn!“ „Ja, die wollen alle schnell nach Hause.“ oder „Der hat es ja wieder mal ziemlich eilig. Kein Wunder, ein BMW-Fahrer.“
So endete eine fast einstündige Mitfahrt in einem vollbesetzten Kleinwagen, aber bei nahezu Grabesstille.
Die nächste Fahrt würde wieder unterhaltsamer werden, wetten!

Seine Bewertung auf dem Mitfahrportal war nicht die Beste. Sie war jetzt aber auch nicht grottenschlecht. Durchschnitt eben. Immerhin, es gab ein Foto von ihm. Ein Typ mit langen Haaren. Bei Frauen mag ich lange Haare sehr. Aber bei Männern? Nun, ich mußte nehmen, was auf dem Markt verfügbar war. Und für den heutigen Tag hatte eben nur dieser langhaarige Typ eine Mitfahrt angeboten. Wir vereinbarten den Treffpunkt irgendwo in Bayern. Eine Kleinstadt. Eher ein grosses Dorf. Ein abgelegenes Nest halt. Ich wartete bereits vor zwölf Uhr mittags auf dem Marktplatz. Der Bus fuhr nur alle Stunde und hielt schon zwanzig Minuten vor Zwölf auf dem Marktplatz. Machte nichts. So beobachtete ich halt das Treiben im Dorfzentrum. Jedoch, soviel Treiben gab es da gar nicht. Hin und wieder fuhren Autos auf dem Kopfsteinpflaster entlang. Meist gediegene Familienkutschen, manchmal auch sportlich getunte Blechbüchsen. Plötzlich vibrierte die Luft. Ein Panzer war im Anrollen. Ich sah aber keinen Panzer. Nur einen ziemlich angerosteten Golf der zweiten Generation. Was sein Äusseres zu wünschen übrig liess, machte er mit Lautstärke wett.
Jetzt dürften auch die letzten Büroschläfer wach geworden sein. Da kam mir eine Theorie. Der Golffahrer wurde vom Bürgermeister bezahlt. Der Deal war wie folgt: Der Fahrer wurde verpflichtet mehrmals am Tag über den Marktplatz zu röhren, so dass die Untertanen des Chefs nicht den lieben langen Arbeitstag verpennten. Dafür bekam der Golffahrer einen regelmässigen Zuschuss für die Reparaturkosten, damit der Wagen vor lauter Rost nicht auseinanderfiel. Allerdings hatte der Deal zwei entscheidende Einschrän-

kungen. Erstens galt der nur bis zur möglichen Abwahl des Bürgermeisters. Zweitens galt die Kostenbeteiligung an der Reparatur ausdrücklich nicht für das Flicken der Löcher im Auspuff. Sonst hätte ja der ganze Deal keinen Sinn gemacht. Auf welche verrückten Ideen man doch kommt, wenn man auf seine Mitfahrgelegenheit wartete.
Ich wartete immer noch auf dem Marktplatz. Neben mir ein Brunnen. Seine Form war sechseckig. In der Mitte eine dreieckige Säule. An jeder Fläche der Säule befand sich auf halber Höhe ein Tierkopf aus Stein. Aus dem Maul einer Kuh, eines Schweines und eines Schafes kam jeweils ein Wasserstrahl, der in kleinen Bögen in das klare Brunnenwasser führte. Über Geschmack lässt sich streiten.
Um den Marktplatz standen schmucke Häuser. Historischer Baustil, frisch angestrichen, mit Sprossenfenstern ausgestattet. Im oberen Bereich befanden sich Wohnungen oder Büroräume, im Erdgeschoss Geschäfte. Eine Bäckerei mit Stehcafé, ein Friseursalon, ein Strick- und Nähladen, eine Metzgerei, ein Zinnladen, nochmals eine Bäckerei und eine Bank. Etwas weiter vorne eine Kirche. Wahrscheinlich barocker Baustil. Am Ende des Kirchenschiffes ragte ein Turm mit Zwiebelhaube in den Himmel. Demnach eine katholische Kirche. Was sonst! Schliesslich befand ich mich im tiefsten Bayern.
Eine junge Frau ging am Brunnen vorbei. Sie hatte ein hübsches Gesicht, das von langen, gewellten Haaren eingerahmt wurde. Bei jedem Schritt wippten die Haare leicht auf und ab. Ihre weiblichen Kurven kamen durch das enge Top und den engen Minirock voll zur Geltung. Neben der knappen Kleidung zeigte sie viel nackte Haut. Schöne, makellose Schultern und Arme. Wohlgeformte, glatte Beine. Es fiel schwer, ihr nicht nachzuschauen. Jemand pfiff ihr nach.

Ein Auto näherte sich dem Brunnen, fuhr vorbei und hielt kurz danach vor der Bank. Zwei junge Männer stiegen aus, schauten sich kurz um und gingen mit schnellen Schritten in die Bank. Ein dritter Mann blieb im Auto. Der Motor lief. Komisch, dachte ich mir. Wieder so ein Trottel, der für die Umwelt nichts übrighatte.

Ein weiteres Auto kam von der anderen Seite die Strasse entlang. Schon von weitem war laute Musik zu hören. Irgendeine Rock'n Roll Nummer. Er kam näher und ich sah einen Mann mit langen Haaren. Das mußte er sein! Bestimmt ein Typ, der mit seinem Aussehen und der Musik öfters dem Lebensgefühl der sechziger und siebziger Jahre nachhing, dachte ich und hob meine Hand, um auf mich aufmerksam zu machen.

Er erkannte mich und deutete mir an, dass er weiter vorne anhalten würde. Er drehte die Musik leiser, stoppte vor der Bank und stand jetzt genau neben dem Auto, bei dem immer noch der Motor lief. Warum er nicht bei mir beim Brunnen, sondern weiter vorne vor der Bank hielt, war mir zunächst schleierhaft. Vielleicht musste er noch kurz in die Bank? Egal, Hauptsache er war da und meine Mitfahrt war gesichert.

Als ich bei seinem Auto ankam, stieg er aus, begrüßte mich und sagte mir, dass ich schon auf dem Beifahrersitz Platz nehmen solle. Er müsse nur kurz am Bankautomaten Geld abheben und dann würde es auch schon weiter gehen. Ich ging zur Beifahrertür, öffnete sie und wunderte mich noch, dass der Fahrer nebenan im Auto mit dem laufenden Motor ständig Richtung Eingangstür der Bank schaute.

Bereits nach kurzer Zeit kam mein langhaariger Fahrer wieder, schloss die Fahrertür und öffnete das Handschuhfach, um irgendetwas hineinzulegen. In dem Moment knallten bei dem Auto neben uns zwei Türen zu und unmittelbar

darauf ertönte eine Hupe. Mein Fahrer und ich schauten erstaunt zu dem anderen Auto und sahen, dass dessen Fahrer uns grimmig anschaute und aufgebracht gestikulierte. Unmißverständlich deutete er uns an, dass wir schleunigst wegfahren sollten. Der Beifahrer im anderen Auto beugte sich nun vor, so dass er auch zu sehen war. Auch seine Geste, die er an uns richtete war eindeutig und sagte nichts anderes aus als: Macht schleunigst den Weg frei. Das Ganze nahm jetzt surreale Züge an und mein Fahrer sprach das aus, was ich gerade dachte. „Spinn ich jetzt, oder haben die gerade die Bank überfallen!“ Und wie eine Bestätigung unserer Feststellung hörten wir von weitem Sirenengeheul, das näher kam. Jetzt sah ich, wie der dritte Mann, der hinten im anderen Auto saß, das Fenster runterließ und uns drohte. Dabei fuchtelte er mit einer Waffe rum und schrie: „Mann Leute, macht endlich den Weg frei, oder es gibt heute doch noch Tote.“ Mein Herz klopfte wie wild und meinem Fahrer ging es wahrscheinlich nicht anders. Hastig startete er den Motor, legte den Rückwärtsgang ein und fuhr etwas zurück. Sobald der Weg für den anderen Wagen frei war, fuhr der mit quietschenden Reifen und aufheulenden Motor aus der Parklücke und bretterte über das Kopfsteinpflaster Richtung Kirche. Mein Fahrer, ich und Passanten auf den Bürgersteigen, die alles beobachteten schauten dem Auto ungläubig nach. Gleich darauf fuhr auch schon das Polizeiauto mit lauter Sirene und hoher Geschwindigkeit an uns vorbei und verfolgte den anderen Wagen.
Aus der Bank kamen zwei Angestellte gerannt, eine kleine nicht mehr ganz schlanke Frau und ein grossgewachsener dünner Mann, schauten zuerst dem Auto hinterher und wendeten sich dann uns zu. Die Frau fragte uns aufgeregt, ob alles in Ordnung sei. Wir schauten sie verdattern an und nahmen nur beiläufig wahr, dass sie geschmackvoll angezo-

gen war. „Sie sind ja ganz blass“, meinte sie und forderte uns auf, mit in die Bank zu kommen. Dort könnten wir uns hinsetzen und uns bei einem Glas Wasser vom ersten Schrecken erholen. Wir zögerten. Sie redete wieder auf uns ein. „Sie können jetzt unmöglich losfahren. Bitte kommen sie doch zu uns in die Bank. Und bestimmt wird gleich die Polizei kommen und uns alle, auch Sie, als Zeugen befragen wollen.“ Ihre Argumente hatten gesiegt. Mein Fahrer stellte den Motor ab, schaltete die Warnblinkanlage ein, da er mit seinem Auto in der zweiten Reihe stand, und wir folgten der Frau und ihrem Kollegen, der bisher nichts gesagt hatte. Wir gingen durch einen kleinen Torbogen, der die Gebäudefassade abstützte, überquerten den schmalen Bereich des überdachten Bürgersteiges und traten durch eine Glastür, die uns der Kollege der Frau öffnete, in die Bank ein. In dem Kundenbereich vor den beiden Schaltern standen zwei weitere Angestellte, eine Frau und ein Mann. Auch ihnen war der Schrecken des gerade Geschehenen ins Gesicht geschrieben. Die kleine Frau, die vor uns ging, stellte uns den anderen vor und bat die zweite Frau, mit uns zu kommen. Den anderen Kollegen forderte sie auf, erstmal die Bank zu schliessen und Bescheid zu geben, wenn die Polizei eingetroffen sei. Zu Fünft gingen wir in einen kleinen Nebenraum, der als Aufenthaltsraum und als Küche diente. In der Mitte stand ein Tisch mit sechs Stühlen. An der einen Wand stand eine kurze Küchenzeile mit Spülbecken, Abtropfbereich, Herd, Abzugshaube, Backofen und mehreren Schränken.

„Jetzt setzen sie sich erstmal“, forderte uns die kleine Frau auf und zu ihrem großgewachsenen Kollegen meinte sie. „Roland, stell doch bitte eine Flasche Wasser und Gläser auf den Tisch.“ Als wir alle, auch Roland, am Tisch saßen, schenkte sich jeder Wasser ins Glas und wir tranken einen

grossen Schluck. Die kleine Frau begann anschliessend zu sprechen. „Jetzt bin ich schon so lange bei der Bank und seit zwei Jahren Leiterin dieser Filiale, aber sowas wie gerade eben ist mir auch noch nicht passiert." Und ihre jüngere Kollegin mit Pferdeschwanz meinte. „Das war der erste Überfall, den ich miterleben mußte und hoffentlich bleibt es auch der einzige, bis ich in Rente gehe."
Jetzt meldete sich auch Roland, der bisher nichts gesagt hatte, zu Wort. „Mittlerweile war das der dritte Überfall, den ich miterleben mußte. Jetzt wäre es dann mal genug."
Der normalgrosse, korpulente Kollege, der im Schalterbereich auf die Polizei wartete, kam mit zwei uniformierten Männern in den Raum. „Monika, die Polizei ist da." „Ah, danke Bernhard."
„Guten Tag die Herrschaften, mein Name ist Mangold und das ist mein Kollege Tober. Wir sind von der Polizeidienststelle Lindenberg und haben die Meldung bekommen, dass vor wenigen Minuten diese Filiale überfallen wurde."
„Ja, das stimmt!", antwortete Monika.
Der wortführende Polizist, dem man ansah, dass er schon einige Dienstjahre auf dem Buckel hatte, wandte sich an Monika.
„Sind sie die Filialleiterin?"
„Ja."
Der zweite Polizist, der wesentlich jünger war, als sein Kollege, machte sich in einem kleinen Block Notizen. Sein älterer Kollege redete weiter.
„Ist denn irgendjemand verletzt worden."
Die Filialleiterin schaute ihre Kolleginnen und Kollegen an, die alle den Kopf schüttelten, und meinte dann. „Körperlich nicht, aber der Schrecken sitzt uns ganz schön in den Knochen."
„Ja, verständlich."

Der befragende Polizist blickte in die Runde.
„Arbeiten Sie alle hier in der Bank?"
„Nein, ich nicht" sagte mein Fahrer „und ich auch nicht", sagte ich.
„Waren Sie als Kunden hier, als der Überfall passierte?"
„Nein, zum Glück waren während dem Überfall keine Kunden anwesend", meinte Monika.
„Ich stand mit meinem Auto draussen auf der Strasse und hatte gerade meinen Mitfahrer" – mein Fahrer zeigte auf mich – „einsteigen lassen, als uns die Typen bedrohten.
„Wieviel waren es denn?"
„Zwei", sagte die junge Bankangestellte mit Pferdeschwanz.
„Drei", verbesserte ich.
„Was jetzt, zwei oder drei?"
„Wir wurden von Zweien überfallen", meinte Monika und mein Fahrer ergänzte.
„Wie die dann mit dem Auto abgehauen sind, waren die zu Dritt."
Der Polizist überlegte laut
„Verstehe, Zwei haben demnach die Bank überfallen und der Dritte, der Fahrer wartete draussen im Auto.
„Können Sie die Männer beschreiben?"
Monika wollte gerade mit der Beschreibung beginnen als sich eine Stimme im Funkgerät des Polizisten meldete.
Mit den Worten „Einen Moment bitte" ging er in den Schalterraum. Kurz darauf kam er wieder zurück.
„Ich habe eine gute Nachricht für Sie. Die mutmaßlichen Täter sind geschnappt.
„Na Gott sei Dank", meinte Monika.
Auch wir anderen waren erleichtert.
„Können wir dann weiterfahren?", meinte mein Fahrer. Wir haben noch eine längere Fahrt vor uns."

„Wir nehmen nur noch Ihre Personalien auf und dann können Sie weiterfahren."
Nach 10 Minuten saßen wir in seinem Auto und mein Fahrer meinte.
„So, jetzt brauche ich erst mal eine laute Dosis Rock'n Roll", und sein Kopf mit den langen Haaren wippte zur Musik hin und her.

11 Perspektivwechsel

Warum fährt man bei jemand Fremden mit? Weil man dadurch günstig von A nach B kommt, weil man kein eigenes Auto hat; weil man sich während einer längeren Fahrt mit anderen unterhalten will; oder weil man vor etwas Angst hat.

Kennen Sie eine Siderodromophobie? Das ist die Furcht oder die Angst, vor dem Zugfahren. Gut, ich gebe zu, im Vergleich zu einer Klaustrophobie, der Angst vor engen Räumen, einer Arachnophobie, der Angst vor Spinnen oder einer Mysophobie, einer krankhaften Angst vor Kontakt mit Schmutz und dem sich daraus ergebenden unkontrollierten Zwang, sich ständig waschen zu müssen, gibt es eine Siderodromophobie eher selten. Doch angenommen Sie haben diese Angst vor dem Zugfahren, wollen aber mit einer Reisetasche und einem Rucksack doch von A nach B kommen. Welche Alternativen bleiben Ihnen?

Da hätten wir zum einen das Flugzeug, mit dem man sicherlich am schnellsten unterwegs wäre und wenn man frühzeitig bucht, unter Umständen nur wenig bezahlt. Allerdings hängt über dem ersten Argument das Damoklesschwert der übermässigen Umweltverschmutzung und letzteres Argument verlangt eine grosse, zeitliche Flexibilität. Nicht zu vergessen der Organisationsaufwand, wie man zum und wieder vom Flughafen weg kommt und die nervige Wartezeit am Flughafen selbst. Also fällt dieses Transportmittel weg.

Dann wäre da die Möglichkeit, die Strecke von A nach B zu Fuss oder mit dem Fahrrad zu absolvieren. Bei einer Länge von einem Kilometer wäre das sicherlich kein Problem,

doch bei einigen 100 Kilometern Distanz würde ich eher dazu abraten, ausser Sie sind ein durchtrainierter Ausdauersportler und haben eine unbändige Freude sich zu quälen.
Kommen wir also zu den Fahrzeugen, die mit gummibereiften Rädern den ständigen Kontakt zu einem grauen Asphalt suchen. Mit einem Motorrad durch die Gegend zu düsen, ist nicht jedermanns Sache und die Gepäckmitnahme gestaltet sich dabei schwierig. Also bleibt uns nur noch die Mitfahrt in einem Bus oder in einem Auto.
Was ist besser? Was ist komfortabler? Was ist sicherer? Was ist günstiger? Zumindest bei dem letztgenannten Punkt unterscheiden sich Fernbusse und Auto kaum. Doch bei allen anderen Punkten ist die individuelle Bevorzugung gefragt. Und die liegt bei mir eindeutig beim Auto. Hängt wahrscheinlich damit zusammen, dass meine sämtlichen Mitfahrten in Autos stattfanden.
Doch einmal habe ich es getan. Ich habe den Spiess umgedreht. Nicht ich bin bei anderen Mitgefahren, sondern ich habe andere mitgenommen. Ich habe sozusagen einen Perspektivwechsel vorgenommen. Vom trägen Mitfahrer, der bequem in der hinteren rechten Sitzecke die meist unterhaltsamen Gespräche der anderen verfolgte und ab und zu seinen Senf dazu gab, hin zum gewissenhaften Fahrer, der verantwortungsvoll seine ihm anvertrauten Mitfahrer ans Ziel bringt.
Als ich mein Angebot, dass ich andere in die Schweiz mitnehme, ins Netz stellte, wurde ich förmlich mit Anrufen und Anfragen bombardiert. Ein Kleinbus hätte nicht ausgereicht, um alle Interessierten mitzunehmen. Somit verfuhr ich nach dem Motto: Wer sich zuerst meldete, der konnte mitfahren. Gut, ich muss zugeben, dass ich es meinen potenzi-

ellen Mitfahrern ganz schön schmackhaft machte, da ich mehrere Orte eingab, an denen ich halten würde.
So ergab es sich dann auch, dass auf dem Beifahrersitz nahezu ein Kommen und Gehen herrschte. Die erste Beifahrerin nahm ich bis München mit. Eine junge Frau, die ihr schönes Gesicht mit einem Nasenring verunstaltete. Sie war nicht sehr gesprächig und so verlief die eineinhalbstündige Fahrt in stiller Eintracht.
In München vollzog ich ein waghalsiges Fahrmanöver, als ich auf dem schneebedeckten Seitenrand der Donnersbergerbrücke anhielt. Zwischen der Bushaltestelle, von der gerade ein Bus wegfahren wollte und der Abfahrt Richtung Hauptzollamt, quetschte ich mich also in den kurzen Abstand, der ein Halten ermöglichte und liess die junge Frau mit dem Nasenring aussteigen.
Ihren Platz nahm gleich darauf ein junger Mann ein, dessen Haare so wirr vom Kopf standen, als wäre er gerade erst aufgestanden. Im Verlauf der Fahrt stellte sich heraus, dass er Philosophiestudent war und irgendwann, ich glaube es war bei Landsberg am Lech – und die Fahrt ging gerade nur schleppend voran – kamen wir auf ein Thema, dass man durchaus philosophisch betrachten konnte. Es ging um das bedingungslose Grundeinkommen, über das in einigen Wochen in der Schweiz abgestimmt werden sollte. Wir erörterten den Grundgedanken, der sich aus diesem Thema hervordrängte: Welche Arbeit würde jemand tun, wenn er oder sie jeden Monat einen bestimmten Betrag überwiesen bekäme und das bedingungslos. Wir betrachteten Argumente, die für das bedingungslose Einkommen sprachen, wie zum Beispiel, dass sich viele Menschen freier entfalten könnten und einer Tätigkeit nachgehen könnten, die sie deshalb tun, weil sie dafür eine Begabung haben oder eine Leidenschaft dafür verspüren und nicht, weil sie unbedingt

IST NOCH EIN PLATZ IM AUTO FREI?
ICH WILL AUCH NOCH MITFAHREN!
HOFFENTLICH KANN ICH BIS LINDAU NOCH MITFAHREN!
ENDLICH JEMAND DER DIE STRECKE FÄHRT! ICH KANN DOCH SICHER MITFAHREN, ODER?

Geld verdienen müssen, damit sie ihren Lebensunterhalt bestreiten können. Oder dass sich Arbeitnehmer in einer gestärkten Position befänden, da sie nicht jeden Job annehmen müßten, nur um Geld zu verdienen. Sie bekämen ja einen existenzsichernden Betrag jeden Monat bedingungslos. Wir vertieften uns sozusagen leidenschaftlich in die Materie und setzten unsere Argumente, die dafürsprachen, fort. Die Menschen würden gelassener, psychische Erkrankungen könnten zurückgehen, das Arbeitsleben würde stressfreier werden, Väter hätten mehr Zeit für ihre Kinder, keine Existenzängste, keine Ausbeutung, mehr Entfaltung der eigenen Talente, was den Selbstwert des einzelnen Menschen steigern würde und auch zum Nutzen der Gesellschaft eingesetzt werden könnte. Kurzum, die Gesellschaft wäre besser dran. Unser Wohlwollen für das bedingungslose Grundeinkommen nahm schon bedenklich unkritische Züge an, bis unsere Mitfahrerin, die seit Regensburg hinten rechts saß – also an der Stelle, an der ich meistens sitze, wenn ich bei anderen mitfahre – kopfschüttelnd einwandte: „Und wie soll das Ganze finanziert werden? Irgendwo muss doch das Geld herkommen! Und ausserdem, wer würde dann die unangenehmen Jobs, wie Arbeiten bei der Müllabfuhr oder Putzarbeiten oder Arbeiten für ein Umzugsunternehmen, wo man schwer tragen muss, machen?"
Jetzt kam unsere Mitfahrerin, die lange unbeteiligt hinten rechts saß, so richtig in Fahrt. „Hört sich ja schön an, wenn jeder zum Monatsende einfach so Geld bekommt. Würde dann überhaupt noch wer arbeiten und wozu sollten dann junge Leute überhaupt noch eine Ausbildung machen, wenn sie auch ohne Arbeit regelmässig Geld bekommen. Ich glaube, viele würden dann faul in der Hängematte liegen und sich die Sonne auf den Pelz scheinen lassen. Arbei-

ten wozu, ich bekomme doch mein Geld.“ Gabi, so der Name der Mitfahrerin, schmiss uns die Argumente, die gegen ein bedingungsloses Grundeinkommen sprachen, nur so um die Ohren. Sie drückte dann auch klar ihr Mißfallen gegen das bedingungslose Grundeinkommen aus. „Ich glaube, das Ganze würde uns mehr schaden als nützen.“

Nach diesem Feuerwerk ihrer Gegenargumente herrschte erst einmal Stille im Auto und ich konnte mich wieder voll auf den Strassenverkehr konzentrieren. Es dauerte dann auch nicht mehr lange und wir kamen in Memmingen an, wo mein philosophisch angehauchter Mitfahrer ausstieg.

Der nächste Mitfahrer wartete bereits dort. Ein cooler Typ mit wallendem Haar. Ein philosophisch-tiefsinniges Gespräch war mit ihm nicht möglich, da er nach zwanzig Minuten an einem Autorasthof schon wieder ausstieg.

An diesem Autorasthof stieg dann mein letzter Mitfahrer zu, der bis Zürich mußte. Es war ein Deutscher, der erst seit ein paar Monaten für eine Schweizer Firma, die ihm IT-Bereich tätig ist, arbeitete. Mehr Informationen gab er von sich nicht preis, da er während der ganzen Fahrt mit seinem Laptop beschäftigt war. Die letzte Etappe meiner Fahrt in die Schweiz verlief überwiegend schweigend. In Zürich liess ich beide aussteigen und ich fuhr dann die restliche Strecke alleine zu meinem Wohnort.

Dies gab mir Gelegenheit darüber nachzudenken, was denn nur besser sei: Bei anderen mitzufahren oder selbst zu fahren und andere mitzunehmen.

So sammelte ich Argumente für Ersteres. Bei anderen mitzufahren spart Geld. Darüber hinaus lernt man für eine begrenzte Zeit die unterschiedlichsten Typen kennen. Oftmals kann man interessanten Unterhaltungen zuhören und sich selbst daran beteiligen. Sollte keine Unterhaltung zustande kommen, kann man essen, trinken, mit dem Smart

Phone schreiben oder Musik hören, ein Buch lesen, die vorbeiziehende Landschaft bestaunen oder einfach nur entspannt dösen. Und was das Schönste an all dem ist: Man hat ein wunderbares Gefühl, da man zum Umweltschutz beiträgt und dafür sorgt, dass die Autobahnen nicht noch voller werden.

Nun suchte ich nach Argumenten, die für Letzteres sprachen. Man selbst bestimmt, wann gefahren und wo überall gehalten wird. Man kann spontan entscheiden, einen kleinen Umweg zu machen, um einen Freund zu besuchen. Man hat durch die Einnahmen von den Mitfahrern zumindest einen Grossteil des Benzingeldes abgedeckt. Man kann ... ich überlegte lange krampfhaft, aber weitere Argumente fielen mir nicht mehr ein. So kam ich während der Fahrt auf einer vielbefahrenen Schweizer Autobahn, die meine letzten Aufmerksamkeitsreserven forderte, zu dem Schluss, dass ich bis auf weiteres die Möglichkeit einer Mitfahrt bei anderen nutzen werde.

12 Eine flüssige Angelegenheit

Regensburg ist eine schöne, ach was sage ich, eine wunderschöne Stadt. Nicht umsonst tragen die mittelalterlich geprägte Altstadt und das am gegenüberliegenden Donauufer lieblich gelegene Stadtamhof – die beide durch die ehrwürdige Steinerne Brücke verbunden – seit 2006 den UNESCO-Welterbe Titel. Schön und gut, aber warum stelle ich diese Tatsache, die man in Sekundenschnelle im Internet recherchieren kann, an den Anfang einer Mitfahrgelegenheitsgeschichte. Ganz einfach. Erstens ist die Stadt wirklich einen Besuch wert und zweitens spielt die geographische Lage der Donaustadt gleich noch eine kleine Rolle.

Regensburg ist also schön, doch wenn man von hier in die Schweiz will, liegt sie in punkto Mitfahrgelegenheit am Arsch der Welt. Entschuldigen sie diesen derben Ausdruck, aber es ist wirklich so. Dass von München und Nürnberg – beide um einiges grösser als Regensburg – mehr Leute in die Schweiz fahren ist noch verständlich. Doch sogar von Würzburg, das etwa gleich gross ist wie Regensburg, fahren mehr Leute in die Schweiz. Tja, warum ist das so? Ganz einfach. Regensburg liegt in Ostbayern und obwohl es dort gute Autobahnanbindungen in alle Richtungen gibt, ist es einfach für Verbindungen von oder in die Schweiz zu abgelegen.

Und deshalb wartete mein Fahrer dieses Mal in einem Vorort von Nürnberg auf mich. Nach einer fast einstündigen Zugfahrt kam ich dort an und war gespannt, welche Person, welche anderen Mitfahrer und welches Auto mich erwarteten. Ich wußte nur, dass es ein türkisfarbener 5er BMW mit Schweizer Kennzeichen sein sollte.

Ich kam die Treppen von der U-Bahnstation hoch und sah direkt vor mir gegenüber der Strasse einen türkisfarbenen BMW-Kombi. Mein erster, spontaner Gedanke deutete mir an, dass es das richtige Auto war. Um aber auf Nummer sicher zu gehen ging ich die Strassenseite, zu der die Treppe führte, soweit entlang, bis ich auf das Kennzeichen sehen konnte. Bingo! Es war ein Schweizer Nummernschild. Ich hatte das Auto gefunden. Ich wollte schon zum Auto gehen, entschloss mich aber kurzerhand vorher noch die nahegelegene öffentliche Toilette aufzusuchen.
Hätte eine Skala von null bis fünf existiert, auf der ich die Dringlichkeit des dortigen Wasserlassens angeben hätte müssen, und wäre fünf die höchste Dringlichkeitsstufe gewesen, hätte ich mich für die vier entschieden. Also ein hohes Leerungsbedürfnis mit schmalem Puffer. Natürlich hätte ich ohne diesen Toilettenzwischenstopp gleich zu meinem Fahrer gehen können, wir wären nach einer kurzen Begrüssung gleich losgefahren und dann wäre vielleicht nach einer halben Stunde die erste Pinkelpause fällig gewesen. Wäre an sich ja kein Problem, wenn ich nicht die Erfahrung gemacht hätte, dass jeder Fahrer anders reagiert, wenn man als Mitfahrer das Bedürfnis verspürt, dass man austreten muss.
Für die einen Fahrer ist ein Halt, den ein Mitfahrer provoziert, eine willkommene Gelegenheit, eine kurze Fahrpause einzulegen, sich zu bewegen oder gleich selbst auf die Toilette zu gehen. Diese Fahrer bezeichne ich als <eigennützige Verständnisfahrer>.
Andere Fahrer nehmen die Ankündigung, dass ein Mitfahrer pinkeln muss, als menschengegebenes Bedürfnis hin und fahren höflichkeitshalber, aber eher widerwillig auf den Parkplatz, obwohl sie lieber ohne Pause durchfahren würden. Das sind für mich <widerstrebende Anstandsfahrer>.

Andere Fahrer wiederum muss man unter Androhung von Konsequenzen, die so aussehen würden, dass man unter Umständen den Sitz ihres geliebten Autos nass machen würde und es im Anschluss zur Ausströmung eines unangenehmen Duftes kommen könnte, förmlich dazu zwingen, dass sie einen Parkplatz ansteuern. Doch glücklicherweise sind solche Fahrer, die ich <beschränkte Tunnelfahrer> nenne, eine seltene Ausnahme.
Am liebsten sind mir dann doch die Fahrer, die von selbst einen Rastplatz ansteuern. Dann habe ich als Mitfahrer die komfortable Wahl, ob ich das Angebot zu einer Pinkelpause annehme oder nicht. Diese Fahrer bezeichne ich als <edelmütige Rastplatzfahrer>.
Verstehen Sie mich jetzt nicht falsch! Nein, ich bin nicht so einer, der alle zwanzig Minuten auf die Toilette muss, aber wenn man stundenlang bei jemand anderem mitfährt, erwischt es jeden irgendwann mal.
So, da wir hiermit das Thema Wasserlassen und die damit verbundenen unterschiedliche Reaktionen der einzelnen Fahrer abgehandelt hätten, kann ich mich wieder auf die Geschichte konzentrieren.
Im Fahrzeug saßen zwei Personen und unterhielten sich angeregt. Sie nahmen von ihrer Umgebung und somit auch von mir keine Notiz. Ich ging also zum Auto und stellte mich neben die Fahrertür. Der Höflichkeithalber wartete ich davor, da ich das anregende Gespräch zwischen Fahrer und Beifahrer nicht unterbrechen wollte. Nach mehreren Sekunden immer noch keine Reaktion vom Fahrer. Nicht mal der Hinweis vom Beifahrer an den Fahrer, dass neben der Tür jemand steht, der etwas will, obwohl er in meine Richtung schaute und mich eigentlich hätte sehen müssen. Egal, dachte ich mir nach fast einer halben Minute höflicher Zurückhaltung und klopfte selbstbewusst an die Scheibe. Der

Fahrer erschrak und hätte fast seinen halbvollen Kaffeebecher fallen lassen, den er gerade in der Hand hielt. Er schaute erschrocken zu mir, sah meinen Rucksack und den mittelgrossen Rollkoffer und es dauerte einen kurzen Moment bis er realisierte, dass ich die Person war, die bei ihm mitfahren will. Auf seinem Gesicht zeigte sich jetzt ein mildes Lächeln. Er stieg aus um mich zu begrüssen, verstaute meinem Koffer im Kofferraum und schon ging es los. Erstmal nicht auf die Autobahn, sondern auf die Bundesstrasse, was eher ungewöhnlich ist, aber gut! Er war der Fahrer und wie sich im Laufe der Fahrt herausstellte, kannte er diese Strecke gut, weil er in einer der Ortschaft, an der wir vorbeifuhren, früher längere Zeit gewohnt hatte.
Die Fahrt führte nach Süden und ich machte es mir hinten bequem, da ausser mir auf der Rücksitzbank kein anderer mitfuhr. Genauer gesagt saß ich hinten rechts. Ich saß fast bei allen Mitfahrten, die ich bisher machte, immer hinten rechts. Man könnte fast sagen, dass der Platz hinten rechts so eine Art Stammplatz für mich war. So wie andere den immer gleichen Platz beim Stammtisch einnehmen, so sitze ich bei Mitfahrten gerne an der gleichen Stelle. Wenn möglich immer hinten rechts. Ich saß also bequem auf meinem Stammplatz und lauschte dem Gespräch zwischen Fahrer und Beifahrer, die sich anscheinend kannten. Sie sprachen beide fränkischen Dialekt. Ab und zu meldete ich mich zu Wort und trug meinen Teil zur Unterhaltung bei. Wir kamen zügig vorwärts.

„... und wie geht's deina Fra in Litauen?“, wollte der Beifahrer wissen.
„Bast scho, sie ärbert in an Elektrikmarkt, der in Kaunas nei is.“

„Hot sa sich dort gut eigelebt? Sie wo ja längera Zeit bei uns!“
„Wo ka Problem!“
„Worum wolt sa net do bleiben? Ihr hobt doch a scheena Wohnung ghobt und an gutn Job!“
„Ja scho, aber sie hott Hamwech.“

Im Verlauf der Fahrt weiteten sich die internationalen Beziehungen des Fahrers weiter aus.

„Host nuch a Seegelboot in Italien?“
„Na, hobs verkaft. Hot sich net rentiert fü des bissala die mer des Boot benutzt hom. Wo mit viel Fahrerei verbunden. Hobs für an guten Preiss verkaft.“

Ich liebe diesen Dialekt, waren meine Gedanken, so forsch, so direkt, so lustig. Die Unterhaltung der beiden ging weiter.

„Bist emmer auf Achse. Zu deina Fra nach Litauen. Zu deim Boot nach Italien. Zur Ärbert nei ind Schweiz. Geht dir die Rumfohrerei net aufn Geist?“
„Kennst mi doch! Bin gern untawegs.“

Als der Fahrer das sagte, fing er prompt zu gähnen an und ergänzte gleich danach.

„Bin scho froh, wenn ich in die Schweiz o kumm. Bin seit gestern achthundert Kilometer gfohren.“

Eine Stunde später war auch ich froh, wieder in der Schweiz zu sein.

13 Wellness-Time

Der Treffpunkt war dieses Mal ungewöhnlich. Meistens ist es der zentral gelegene Bahnhof oder sonst ein verkehrstechnisch günstig liegender Platz, den der Fahrer vorschlägt, um sich zu treffen. Dieses Mal war es ein kleiner unscheinbar wirkender Platz, auf einer mit alten Häusern bebauten Insel, die zur Stadt gehörte. Auf dem Platz stand unter einer Überdachung als Ausstellungsstück eine restaurierte, kleine Dampflok, die für die einheimische Bevölkerung eine nostalgische Bedeutung besaß. Bis Ende der sechziger Jahre des vergangenen Jahrhunderts fuhr diese Bahn Ausflügler von der Stadt bis zur fünfzehn Kilometer entfernten Walhalla, einem vom damaligen Bayernkönig Ludwig I. erbauten Ruhmestempel der <Teutschen>, der im Baustil eines griechischen Tempels errichtet wurde und dessen Namensgebung sich auf einen Ruheort der nordischen Mythologie bezog, an welchem tapferen, gefallenen Kämpfern gedacht wurde. In dem Tempel des bayerischen Königs werden bis heute verdienstvolle Persönlichkeiten geehrt, die durch ihr kreatives, weitsichtiges und mutiges Handeln die nationale Geschichte beeinflusst haben.
Ein moosgrüner Fiat, in dem ein Mann saß, der gedankenverloren etwas im Auto anschaute, stand neben der Dampflok. Es war mein Fahrer für die heutige Mitfahrt. Ich näherte mich mit meinem Rollkoffer dem Auto, klopfte vorsichtig an die Fensterscheibe und lächelte ihn an. Er schaute ruckartig durch die Fensterscheibe und lächelte mich auch an. Dann öffnete er die Fahrertür, stieg aus dem Auto und begrüßte mich. Er stellte sich mir als Rainer vor. Ein Mann Mitte Fünfzig mit Stirnglatze. Die Resthaare kräuselten sich

in filigranen Windungen im seitlichen und hinteren Kopfbereich bis knapp zum Nacken. Auf der Nase trug er eine kleine, runde Brille im Vintage-Look. Ich wußte nicht, was mich jetzt mehr beeindruckte: Sein kräftiger Händedruck, der dem Druck eines Schraubstocks schon sehr nahe kam, oder dass sich aus einem eher kleinen Auto ein Mensch mit solch enormer Körpergrösse herauszwängen konnte. Der Typ mußte fast zwei Meter gross sein. Im Vergleich dazu kam ich mir mit meinen Einmetersechsundsiebzig richtig klein vor. Kräftiger Händedruck hin, auffällige Körpergrösse her. Er sollte mich schliesslich nur sicher in die Schweiz fahren.
Nach der Begrüssung und nachdem er meinen Rollkoffer in den Kofferraum verstaut hatte, fuhren wir los. Dieses Mal saß ich auf dem Beifahrersitz, da ich der einzige war, der bei ihm mitfuhr. Wir kamen ins Gespräch und stellten schnell fest, dass wir beide Regensburger waren, die es irgendwann in die Ferne gezogen hatte, doch die Verbundenheit mit der alten Heimat führte uns immer wieder zurück. Er fuhr langsam über die mit Kopfsteinpflaster bedeckte Inselhauptstrasse, bog nach etwa vierhundert Meter links ab, vorbei an dem eindrücklichen Gebäude der Hochschule für katholische Kirchenmusik und überquerte kurz darauf die Protzenweiherbrücke. Die Brücke hatte ihren <protzigen> Namen deshalb, da sich in früheren Zeiten unter der Brücke ein sumpfiger Weiher befand, in dem Kröten laichten und wenn sich diese Kröten bei Gefahr aufblähten, um grösser zu wirken, sah das so aus, als würden sie mit ihrer aufgeblähten Körpergrösse prahlen oder protzen.
„Was war denn Dein Grund, warum Du aus Regensburg weg gingst“, fragte er mich.
„Eine Frau“, sagte ich.
„Tja, die Liebe!“, meinte er. „Wo sie eben hinfällt!“

„Warum bist Du aus Regensburg weg gegangen?", wollte ich nun von ihm wissen.
„Bei mir war es die Arbeit. Ich hatte damals in Belfort, das liegt in Frankreich, eine Arbeit bei Alstom gefunden. Kennst Du die Firma?"
„Alstom, die stellen doch Schienenfahrzeuge her, oder?"
„Genau!"
Nach der Brücke fuhren wir bald darauf auf eine grosse Ausfallstrasse und nach wenigen Minuten war die Autobahn erreicht. Nach nicht einmal zwei Kilometern war es soweit. Wir standen im Stau. Es sollte auf unserer Fahrt nicht der Letzte sein, doch zu diesem Zeitpunkt wußten wir das natürlich noch nicht. So standen wir geduldig in der Blechlawine und waren froh, wenn es ab und zu für einige Meter vorwärts ging. Im Radio wurde dann auch prompt dieser Stau erwähnt, dessen Ursache ein schwerer Verkehrsunfall war. Alle, die im Stau standen, wurden zudem aufgefordert, eine Rettungsgasse zu bilden, da ein Krankenwagen unterwegs sei.
Wir nahmen die Meldung zur Kenntnis und Rainer meinte:
„Was wird da wohl wieder passiert sein?"
Kurz darauf hörten wir das Martinshorn, das zuerst leise war, aber schnell lauter wurde. Ein Rettungswagen fuhr mit Blaulicht und hoher Geschwindigkeit durch die freigehaltene Gasse an uns vorbei. Wir schauten dem Auto nachdenklich hinterher und stellten uns auf eine längere Wartezeit im Stau ein. Zwischen Rainer und mir war der Gesprächsfaden gerissen. Nur Ed Sheerans <Thinking Out Loud> ertönte aus dem Radio. Rainer drückte an den Knöpfen herum, mit denen sich die Radiosender einstellen ließen. Auf einem anderen Sender wurde <I will always love you> von Whitney Houston gespielt. Nach wenigen Tönen des Schmachtfetzens drückte er den nächsten Knopf. Ein Bericht über

eine Trainerentlassung eines Bundesligavereins wurde gebracht. Er schien kein Interesse an Fussball zu haben, da er mit einem Knopfdruck den nächsten Sender suchte. Klassische Musik ertönte. Klare, helle Töne, wahrscheinlich von einer Querflöte, kamen aus den Lautsprechern. Nach wenigen Sekunden drückte er wieder auf den Knopf. Die Stimme von Otto Waalkes war zu hören. Der Sender brachte irgendeinen Sketch des Komikers, der aus einer seiner früheren Shows bekannt war. Rainer ließ den Sender da. Obwohl der Sketch schon oft gespielt wurde, brachte er uns bei den Pointen zum Lachen.
Die Fahrt ging nur schleppend voran. Eigentlich standen wir mehr, als dass wir fuhren. Nach dem Sketch erklang wieder Musik. Irgendeine Band aus Amerika. Rainer stellte die Lautstärke leiser und er fing zu reden an. Er fragte mich, wie es so sei, in der Schweiz zu leben. Ob die Lebenshaltungskosten wirklich so hoch seien, wie die Medien immer berichteten, wie hoch die Steuerlast im Vergleich zu Deutschland sei, oder ob die Schweizer wirklich so langsam seien, wie immer behauptet wird und manche Sachen mehr. Seine Frage nach den hohen Lebenshaltungskosten bejahte ich allerdings mit dem Zusatz, dass man in der Schweiz auch mehr verdiene. Bei der Steuerlast war ich der Meinung, dass man in der Schweiz weniger Steuern zahlt, als in Deutschland. Und bezüglich der Langsamkeit von Schweizern sagte ich ihm, dass es durchaus Schweizer gäbe, die diese Eigenschaft vor allem beim Reden hätten, aber man es trotzdem nicht verallgemeinern könne. Viele Schweizer, redeten in ihrem Dialekt genauso schnell, wie Deutsche in ihrem Dialekt, nur wenn die Schweizer Hochdeutsch reden, dann klänge es für deutsche Ohren langsam und bedächtig.

Irgendwann konnten wir die Unfallstelle passieren und wir hatten endlich wieder freie Fahrt. Dann fing er an, über seine Zeit in Frankreich zu erzählen. Wie er dort hinkam, wie es ist, dort zu leben. Er sprach von einer Beziehung zu einer Französin, die scheiterte. Im Verlauf des Gespräches bekam ich den Eindruck, dass er sein Leben in Frankreich ganz gut eingerichtet hatte, er aber nicht unbedingt dort glücklich war. Als würde er meinen Eindruck bestätigen, sagte er, wenn er in vier Jahren in Rente gehe, werde er auf jeden Fall wieder nach Regensburg zurückkehren. Unser Gespräch verstummte. Rainer konzentrierte sich auf den fliessenden Verkehr und ich betrachtete die vorbeifliegende Landschaft. Irgendwann nickte ich ein und erwachte erst wieder, als Rainer stark bremsen musste. Der nächste Stau kündigte sich ein. Es war auf der Autobahn, die an München vorbeiführte. Rainer merkte, dass ich erwacht war und meinte: „Leider haben wir schon wieder einen Stau." Vor, hinter und neben uns reihten sich Autos an Autos. Für die nächste Zeit war wieder Stop and Go angesagt, wobei wir mehr standen als fuhren.
Unmittelbar vor uns befand sich ein hellblauer Fiat Cinquecento mit weissem Dach. Es war die Neuauflage des Fiat Nuova 500. War es zuerst die kleine, schnuckelige Form der Karosserie, die mit der auffälligen blauen Farbe unsere Aufmerksamkeit weckte, so war es kurz darauf die Insassin, welche unsere Blicke auf sich zog. Hinter dem Steuer saß eine junge Frau mit langen Haaren. Sie befand sich alleine im Auto. Irgend-wann beugte sie ihren Oberkörper über den Beifahrersitz, so dass wir sie nicht mehr sehen konnten. Bereits kurz darauf saß sie wieder aufrecht im Fahrersitz. Die Fahrzeugkolonne bewegte sich vor und neben uns wenige Meter und stand dann wieder. Die junge Frau nutzte den Stillstand und beugte ihren Oberkörper nochmal über

den Beifahrersitz. Es schien, als suche sie etwas, dass sie beim ersten Mal nicht finden konnte. Die Sekunden verstrichen, aber die Frau blieb weiterhin in der Versenkung verschwunden. Rainer und ich verfolgten wortlos, aber mit Interesse das Treiben vor uns. Nach einer gefühlten Minute war sie noch nicht aufgetaucht. War sie in ein Loch gefallen? War sie irgendwo stecken geblieben? Wo war sie? Meine gedanklichen Fragestellungen blieben vorerst unbeantwortet.

Wieder bewegte sich die Blechlawine einige Meter vorwärts. Vor uns befand sich jedoch nun ein Auto, dass vorübergehend keine Fahrerin, zumindest keine sichtbare Fahrerin, hatte. Eine Hupe ertönte. Nicht Rainer, sondern unser Hintermann machte sich unmissverständlich bemerkbar und gab vor allem der sich vor uns befindenden, aber für unbestimmte Zeit abgetauchte Fahrerin zu verstehen, dass sie in der Kolonne aufschliessen sollte.

Das Gehupe wirkte und liess die Frau wieder aus der Versenkung des Beifahrersitzes hochkommen. Sie füllte die Lücke zu dem vor ihr fahrenden, bessergesagt stehenden Auto. Auch wir bewegten uns einige Meter vorwärts und schlossen auf sie auf. Wir beobachteten weiterhin unsere Vorderfrau und waren gespannt, ob noch weitere kuriose Verhaltensweisen ihrerseits kommen würden. Diese kamen. Mit einer Haarbürste, die sie vorher wohl nach längerer Suche in den Tiefen des Beifahrersitzes gefunden hatte, kämmte sie nun ausgiebig und mit voller Hingabe ihr langes Haar. Dabei schaute sie immer wieder in den Innenspiegel und überprüfte kritisch den gekämmten Haarabschnitt. Besondere Aufmerksamkeit schenkte sie dabei auch ihren Haarspitzen. Diese Prozedur nahm einige Minuten in Anspruch, bevor es wieder einige Meter im Stau vorwärts ging. Für einige Sekunden saß nun die Frau vor uns im Fahrersitz ihres Autos und tat das, was gewöhnlich jede Autofahrerin tut, wenn sie nicht gerade am Kämmen ihrer Haarpracht ist. Sie schaute durch die Frontschreibe, auf die Strasse vor sich. Plötzlich versank ihr Oberkörper wieder in den Niederungen des Beifahrersitzes. Rainer und ich schauten uns verdutzt an. „Was sucht Sie den jetzt schon wieder?", war sein heiterer Kommentar. Ich hob meine Schultern nach oben, um damit auszudrücken, dass ich keine Ahnung hatte. Dieses Mal dauerte es nicht lange, bis sie ihre Suche beendet hatte. Kurz darauf sahen wir auch, was sie gesucht hatte. Es war ein Föhn. Und für gewöhnlich benutzt man(n) – aber wesentlich häufiger Frau – so einen Heißluftverwirbler, um sich die Haare zu trocknen.

Und dies tat sie in den nächsten zwei bis drei Minuten mit einem hingebungsvollen Körpereinsatz. Genau genommen waren es die Arme und die Hände, die bei der folgenden Aktion den Haupteinsatz leisteten. Zuerst hielt sie den stark abgewinkelten rechten Arm auf Kopfhöhe und föhnte die seitlichen Haare am und über dem rechten Ohr. Mit der Hand schwenkte sie dabei den Föhn energisch seitlich hin und her. Je schwungvoller sie mit dem Trockner wedelte, umso dynamischer wirbelten seitlich ihre Haare durch die Luft.

Nach einigen Sekunden beugte sie sich leicht nach vorne, so dass sie mit dem Föhn den hinteren Bereich der langen Haare erreichte. Auch hier wiederholte sich die temperamentvolle Prozedur. Auf das schwungvolle Wedeln des Trockners, folgte unmittelbar das wilde Durcheinanderwirbeln der Haare. Nach weiteren Sekunden erfolgte die gleiche Vorgehensweise im Stirnbereich. Das hingebungsvolle Trocknen ihrer Haare, bei dem ihre lange Haarpracht wild durch die Luft gewirbelt wurde, führte nun dazu, dass auch andere Autoinsassen, die neben ihr im Stau standen auf sie aufmerksam wurden. Manche schauten gebannt die Frau an. Ein Mann schüttelte grinsend den Kopf. Die Frau vor uns störte das nicht im Geringsten und widmete sich weiterhin ausgiebig ihren Haaren. Nun nahm sie den Föhn in die linke Hand, winkelte den linken Arm stark auf Kopfhöhe ab und begann auch auf dieser Seite die Haare zu trocknen. Rainer und ich starrten unsere Vorderfrau amüsiert an. Der krönende Abschluss ihrer ausgiebigen Haarföhnaktion bestand darin, dass sie behutsam ihre Haarspitzen trocknete. Als würde der Stau Rücksicht nehmen auf die Haarpflegebedürfnisse der Frau, bewegte sich die Blechlawine erst dann wieder weiter als sie mit dem Trocknen fertig war. Wir schlossen alle die wenigen Meter auf und standen dann wieder in der Autoschlange. Zum Glück befand sich die Frau vor uns und lieferte uns eine Unterhaltung frei Haus. Denn nach dem Haare trocknen war ihr Wellnessprogramm noch lange nicht zu Ende. Sie legte den Föhn auf den Beifahrersitz, nahm ihre Bürste, die jetzt griffbereit da lag und begann erneut ausgiebig, ihre Haare zu kämmen. Waren ihre Handbewegungen beim Föhnen noch von dynamischen, ja fast energischen Handlungen begleitet, so bewegte sie jetzt den Kamm mit einer geradezu graziösen Anmut durch die langen Haare, wie es wahrscheinlich nur Frauen tun können. Dass sie sich dabei intensiv im Rückspiegel betrachtete, versteht sich von selbst. Irgendwann beendete sie das ausgiebige Haarkämmen, legte nach strenger Prüfung ihrer ordentlich sitzenden Haarpracht die Bürste auf den Beifahrersitz und saß doch tatsächlich für einen kurzen Moment untätig hinter ihrem Steuerrad. Es ging wieder einige Meter vorwärts im Stau, bis wieder Stillstand herrschte. Plötzlich tauchte die Frau vor uns mit ihrem Oberkörper wieder in die Tiefen des Beifahrersitzes ab und war für die nächsten Sekunden erneut von der Bildfläche verschwunden.

TJA, FRAUEN KÖNNEN VIELES GLEICHZEITIG MACHEN. AM STEUER SITZEN UND SICH FÖHNEN.
NA MÄDEL, HABEN WIR HEUTE NOCH EIN DATE!
DIE HAT ABER SCHÖNE LANGE HAARE!

Rainer stellte laut die Frage „Was sucht Sie den jetzt?“ und schaute mich dann ungläubig an. Ich schaute Rainer an, hob unschlüssig meine Schulter, um meine Ratlosigkeit auszudrücken und dann blickten wir wieder auf das vorübergehend fahrerlose Auto vor uns. Die Frau blieb lange verschollen, bis sie dann irgendwann blitzartig wieder ihren Oberkörper aufrichtete. Wir, also nicht nur Rainer und ich, sondern alle, die von den anderen Autos zu der Frau in dem Auto vor uns blicken konnten, waren gespannt, was nun folgen sollte. Und eigentlich hätte es uns Männern, die schon einmal eine Frau beobachtet haben, wie sie sich schön macht, klar sein müssen. Was tut eine Frau, nachdem sie ihre Haare zu Recht gemacht hat? Sie schminkt sich. Und das tat nun die Frau vor uns auch. Sie nähere sich mit ihrem Gesicht wieder dem Rückspiegel und begann ihre Augen zu schminken. Zuerst widmete sie sich ihren Augenbrauen. Mit einem langen, dünnen Stift – oder war es doch ein Pinsel? – zog sie gekonnt die Konturen der Augenbrauen nach. Danach kam ihr Lidstrich dran, den sie mit einem anderen Stift – keine Ahnung wie diese Dinger heissen! – ebenfalls fachmännisch, besser gesagt fachfraulich, nachzog. Mit wieder einem anderen Stift verschönerte sie danach ihre Wimpern. „Bei diesen ganzen Stiften und Pinseln, die nur schon für die Augen zum Einsatz kamen, wundert es mich nicht, dass die Schönheitsindustrie Milliarden Umsätze und gute Gewinne macht“, war mein spontaner Kommentar zu Rainer. Der nickte zustimmend mit dem Kopf. Die Frau vor uns war noch nicht fertig. Jetzt tupfte sie – ihr Gesicht immer noch nahe am Rückspiegel haltend – mit irgendetwas ihre Wangen. Danach zog sie mit einem Stift ihre Lippen nach. Mit einem abschliessenden, kritischen Blick in den Spiegel prüfte sie ihre Schminkaktion und befand das Ergebnis für gut.

Dies schlossen wir daraus, da sie keine Nachbesserungen ausführte.
Rainer und ich spekulierten, was denn der Grund für diese ungewöhnliche Schminkaktion sein könnte. Rainer meinte, dass sie wahrscheinlich nach der Fahrt ein Date hatte und den Stau nutzte, um sich schön zu machen. Ich stimmte zuerst seiner Äusserung zu, brachte aber noch einen anderen möglichen Grund ins Spiel, indem ich meinte, dass Frauen sich auch deshalb schminken, weil sie sich dadurch wohler, selbstbewusster, vielleicht auch weiblicher fühlten und beschwingter durch den Tag gingen. Rainer meinte daraufhin mit leichter Ironie: „Wie auch immer! Die Handlungen einer Frau sind für uns Männer oftmals unergründlich."
Nach einer halben Stunde, oder war es doch schon eine ganze Stunde – nach dem gebannten Beobachten einer Frau, die sich seelenruhig auf einer Autobahn irgendwo in Deutschland schminkte, konnte man schon mal das Zeitgefühl verlieren – löste sich der Stau allmählich auf. Irgendwann verloren wir die Frau in dem Fiat 500 aus den Augen. Rainer konzentrierte sich wieder voll auf die Autobahn, die jetzt frei war. Ich gönnte mir währenddessen eine Runde Schlaf. Kurz vor Zürich kamen wir nochmals in einen Stau, der sich aber bald wieder auflöste. Irgendwann erreichte ich mein Ziel und Rainer sicherlich auch.
Was blieb als Fazit dieser Fahrt in Erinnerung?
Im Stau zu stehen ist keine angenehme Sache, doch hin und wieder bekommt man doch eine kuriose Ablenkung geboten.

14 Aus der Zeit gefallen

Der wuchtige, metallicgrüne SUV mit den sportlichen achtzehn Zoll Alufelgen und dem furchteinflössenden Kühlergrill gleitet lautlos durch die leeren Strassenschluchten der Stadt. Alle Blicke sind auf den klobigen Wagen gerichtet. Andere Autos sucht man auf der Strasse vergebens. Der einsame SUV läßt kurz darauf die Stadt hinter sich und fährt jetzt auf einer breiten, leeren Strasse durch eine grandiose Landschaft dem Sonnenuntergang entgegen. Plötzlich zweigt er von der Teerstrasse ab und biegt auf eine Schotterpiste ein, die im weiteren Verlauf immer hügeliger wird. Mit flotter Geschwindigkeit wird eine Pfütze durchfahren, so dass es rechts und links nur so spritzt. Der Wagen wird langsamer, verlässt die Schotterpiste und balanciert nun mit seinem Allradantrieb durch ein steiniges Gelände. Als der Sportgeländewagen alle strassentechnischen Herausforderungen gemeistert hat, bleibt er auf einer vorgelagerten Klippe stehen und der abschliessende Werbespruch erscheint auf dem Bildschirm. Der eindrückliche Werbespot für den SUV ist zu Ende und gleich am nächsten Tag gehen Sie zum Autohändler und bestellen sich so ein tolles Auto, das ideal für den Stadtverkehr ist und auch auf dem Land alle Herausforderungen mühelos meistert.

Ach wäre es in der Wirklichkeit doch so schön! Freie Fahrt für uns Autofahrer, ohne lästigen Stau, ohne nervige Parkplatzsuche, ohne Rücksicht auf die Natur nehmen zu müssen. Stattdessen quälen wir uns täglich durch das städtische Verkehrsgewühl, regen uns tierisch auf, dass nichts vorwärts geht, da wir mehr stehen, als fahren oder weil uns so ein Volltrottel den einzig freien Parkplatz im Umkreis von

einem Kilometer vor der Nase weggeschnappt hat. Und raten sie mal, was für ein Auto dieser Depp fährt: Na klar, einen SUV!
Was nun generell so ein wuchtiger, geländegängiger, spritfressender SUV in einer Stadt zu suchen hat, ist mir bis heute schleierhaft. Wahrscheinlich ist es für den Fahrer die einzige Herausforderung ohne Blechschaden in und aus einer engen Parklücke zu kommen. Da so ein SUV auch einmal auf seine Schnelligkeit getestet werden will, tummeln sich diese Vehikel leider auch auf Autobahnen. Dort schliessen sie sich dann mit grossen, schweren und leistungsstarken Luxuskarossen zusammen, die auch immer mehr die Strassen verstopfen, so dass alle vernunftbezogenen Appelle, die darauf abzielen, doch eher kleine, sparsame und umweltfreundliche Autos zu kaufen, ad absurdum geführt werden.
Nun, so wie es ökonomisch und ökologisch betrachtet völliger Schwachsinn ist, einen SUV oder eine Luxuskarosse zu fahren, ist es der gleiche unvernünftige Schwachsinn, eine längere Strecke – damit meine ich mehrere hundert Kilometer – alleine in einem Auto zu fahren, wenn man weiss, dass andere die gleiche Strecke auch fahren wollen. Über das Mitfahrportal hatte ich daher angeboten, dass man von der Schweiz aus bei mir nach Bayern mitfahren konnte. Der Tag der Abfahrt rückte näher und mein Inserat hatten acht Interessierte angeschaut, aber gemeldet hatte sich letztendlich keiner. Woran lag es? Ich spekuliere mal!
An meinem passablen Äusseren, wobei ich hier ausschließlich mein Gesicht meine, das ich auf einem Foto unter der Rubrik Profil präsentieren hätte können, es aber bis heute nicht getan habe, lag es wahrscheinlich nicht. Meine Bewertungen waren auch akzeptabel und deshalb nicht abschreckend. Ich vermute eher, dass es am Abfahrtstag lag.

Es war ein Montag und wer fährt schon bei jemanden mit, der an einem hundsgewöhnlichen Montag fährt! Freitag okay! Da fahren Studenten oder <Unter der Woche Arbeitende> zur Familie oder besuchen Freunde. Donnerstag auch okay! Da haben die Heimfahrer ein verlängertes Wochenende vor sich. Sonntag ist als bevorzugter Rückreisetag gesetzt. Aber Montag! Der Tag, an dem die Arbeit oder der Hörsaal wieder ruft! Nein, an einem Montag fährt man nicht über vierhundert Kilometer durch die Gegend, ausser man heisst Peter Walbrun oder ist einer von unzähligen Autofahrern, welche die Autobahn verstopfen.
Es ist schon krass, wie viele Autos sich an einem stinknormalen Montag um zehn Uhr vormittags auf deutschen Autobahnen tummeln, wenn man die LKWs, Busse und Lieferfahrzeuge abzieht. Sind in den übrigen Autos Vertreter, die zu ihrem nächsten Kundentermin fahren oder einfach Leute, die an einem Montag frei haben und Einkäufe erledigen oder in ihrer Freizeit durch die Gegend fahren? Wenn letzteres zutreffend ist, wer arbeitet dann noch in einem Büro? Entsprach nicht die Verkehrsdichte, die heutzutage an einem gewöhnlichen Wochentag um zehn Uhr vormittags herrscht, früher derjenigen beim Feierabendverkehr? Soviel zu immer neuen Absatzrekorden bei Autoherstellern.
Aber ich schweife ab! Wo war ich stehen geblieben? Ja, genau! Beim ökologisch unvernünftigen Verhalten, wenn man eine lange Strecke alleine fährt, obwohl noch Platz für andere wäre. Nun, ich hatte es halt getan! Ich fuhr alleine bis Lindau. Plötzlich war ich nicht mehr alleine. Ich hatte gerade einen unspektakulären Tankvorgang abgeschlossen, verliess das Kassenhäuschen mit integriertem Minisupermarkt und näherte mich meinem Auto, als mich ein junger Typ ansprach. Er trug eine schwarze Jacke, schwarze Weste,

schwarze Hose, schwarze Schuhe und einen schwarzen Hut. Im Prinzip war alles schwarz an ihm.
Für einen kurzen Moment dachte ich: Oh, was für ein Glück, ein Kaminkehrer kommt zu mir. Aber wo sind die Leiter und vor allem die gebogene Drahtbürste? Ich verwarf meinen Gedanken an einen Schornsteinfeger wieder.
Aber zu welcher Berufsgruppe gehörte denn nun der junge Mann, dessen schwarze Kleidung eine ungewöhnliche Form und ein ungewöhnliches Aussehen hatte, so dass es nicht abschreckend wirkte, sondern eher neugierig machte. Die Jacke entsprach jetzt nicht unbedingt dem neuesten modischen Trend, war aber solide verarbeitet und zweckmässig. Auffallend waren sechs helle Knöpfe, die sich vom dunklen Schwarz der Jacke abhoben. Die gleichen hellen Knöpfe befanden sich auf der schwarzen Weste, die der junge Mann unter der Jacke trug. Allerdings waren es auf der Weste acht Knöpfe. Dass die Anzahl der Knöpfe auf Jacke und Weste eine tiefere Bedeutung hatten, sollte sich mir später erschliessen. Das weisse Hemd unter der Weste war das einzige Kleidungsstück, das nicht schwarz war. Die Hose wurde nach unten hin breiter, so daß man sie als Schlaghose bezeichnen konnte. Der Hut hatte eine breite, runde Krempe. Welch seltene Erscheinung in der heutigen Zeit, dachte ich mir. Wie aus der Zeit gefallen. Sein aussergewöhnliches Outfit wurde durch einen geschlungenen Wanderstab, den er in der Hand hielt und einem kleinen Stoffbündel, dass er über seinen Rücken trug, komplettiert.
„Fahren sie Richtung München?“, sprach er mich freundlich an und seine Stimme hatte einen norddeutschen Einschlag.
„Ja“, gab ich zur Antwort.
„Würden Sie mich bis dorthin mitnehmen, auch wenn ich Ihnen nichts zahlen kann?“

„Soll ich den jetzt einfach so mitnehmen?“, überlegte ich kurz. Das mache ich grundsätzlich nicht. Fremde Leute unterwegs einfach so mitnehmen. Da könnt` ja jeder kommen. Und wer weiss, ob das kuriose Outfit nur eine Tarnung ist und er eigentlich finstere Absichten hat. Blödsinn, Der Typ ist mehr als harmlos und will nur seine Wanderschaft fortsetzen. Wobei, wenn er jetzt ein Stück mit dem Auto fährt, dann müsste es doch <Autoschaft> heissen. Egal. Meine Offenheit siegte über meine Bedenken.
„Ja, das kann ich machen.“
Er lächelte mich an und ich glaubte darin eine Erleichterung zu sehen, dass er endlich jemanden gefunden hatte, bei dem er mitfahren konnte. Ich lächelte zurück, da ich eine gute Tat vollbrachte. Nun fuhr ich also nicht mehr alleine.
Bald nach der Abfahrt begann ich ein Gespräch mit dem jungen Mann, um mehr über einen Wandergesellen zu erfahren. Als ich ihm dazu kurz meinen Blick zuwandte, sah ich an seinem Ohr einen Ring, an dem ein kleiner Anhänger baumelte.
„Ich wusste gar nicht, dass es heutzutage noch Handwerker gibt, die sich auf Wanderschaft begeben!“
„Oh doch, jetzt sogar wieder mehr als früher.“
„Wie lange dauert so eine Wanderschaft?“
„Mindestens drei Jahre und einen Tag“, wobei er den einen Tag extra betonte.
Na wenn man so lange unterwegs ist, könnte man sich den einen Tag schenken! Der Wandergeselle schien meinen Gedanken zu erahnen, da er ergänzte: „Der eine Tag ist aber wichtig!“
Mir entfuhr ein zweifelndes „Aha“.
„Wenn man sich auf der Walz befindet, muss der Abstand zum Heimatort mindestens fünfzig Kilometer betragen. Und

dieser eine Tag ist für den ersten Tag vorgesehen, wenn man sich vom Heimatort entfernt."
„So eine strenge Regel?"
Der Wandergeselle lachte kurz.
„Schliesslich gehen wir nicht zum Vergnügen auf Wanderschaft. Man will seine handwerklichen Fähigkeiten in der Ferne einsetzen und vor allem weiterentwickeln." Und er fügte weiter an:
„So streng ist die Regel nicht, also nicht für mich. Mich hat es gereizt, dass was ich bisher gelernt habe, in der Fremde anzuwenden und weiterzuentwickeln. Ausserdem bin ich gerne unterwegs."
„Gibt es noch andere Regeln, die auf der Walz eingehalten werden müssen?"
„Ja, zuerst muss man eine Lehre als Zimmermann, Dachdecker oder Schreiner absolviert haben, dann legt man die Gesellenprüfung ab und dann kann man auf die Walz gehen. Man muss unter dreissig Jahren, ledig und kinderlos sein."
„Aber eine Freundin darf man haben?", fragte ich flapsig nach.
„Schon!"
Ich will meinem Beifahrer die Frage stellen, ob er eine Freundin hat, lasse es aber bleiben, weil es erstens eine Spur zu direkt sein könnte, in Anbetracht der Tatsache, dass ich den Mann erst seit kurzem kenne und weil es mich zweitens im Grunde genommen gar nichts angeht. Ich bleibe aber beim Thema Frauen und frage ihn:
„Dürfen Frauen auch auf die Walz gehen?"
„Traditionelle Handwerkervereinigungen wie die <Rechtschaffenden Fremden> nehmen nur Männer auf. Es gibt aber mittlerweile neue Handwerkervereinigungen, die auch Frauen zur Walz zulassen."

Wir beendeten vorerst unser Gespräch über Frauen, Regeln und Mindestabstand zur Heimat. Ich konzentrierte mich wieder mehr auf den Autobahnverkehr, der dichter wurde, und der Wandergeselle hing seinen Gedanken nach.
Irgendwann sprach er zu mir.
„Sie können mich vor München rauslassen, am besten beim Rasthof Landsberg/Lech, da ich weiter Richtung Rosenheim will.
Rosenheim? In meinem Kopf begann es zu rattern. Dort wohnte ein Freund, den ich schon lange nicht mehr gesehen hatte. Den könnte ich bei der Gelegenheit wieder mal besuchen. Wäre zwar kurzfristig, aber manchmal sind die spontanen Besuche die Herzlichsten.
„Ist das in Ordnung für Sie?"
Seine Frage riss mich aus meinen Gedanken.
„Rosenheim?"
„Ja, ich will Richtung Rosenheim und da komm ich an der Raststätte am besten weiter."
„Ich fahre auch die Richtung!"
„Echt, ja super!"
Wir machten trotzdem später an der Raststätte eine kurze Pause und ich fragte mich, ob es an der Tankstelle etwas gratis gab, da so viele Autos vor den Zapfsäulen anstanden. Doch das Einzige was es gratis gab, waren die Abgase von den wartenden Autos. Dies brachte mich zu der gedanklichen Frage, warum oftmals Leute den Motor vom Auto laufen liessen, obwohl sie wußten, dass sie eine längere Wartezeit hatten? War es wirklich Gedankenlosigkeit oder hatten sie Angst, dass der Wagen nicht mehr anspringen könnte? Sei`s drum! Nach zehn Minuten verliessen wir den Rastplatz wieder und näherten uns München.
Ich wollte noch einiges vom Wandergesellen wissen und begann erneut zu fragen.

„Die hellen Knöpfe an Ihrer Jacke und Weste sind so auffällig. Haben die irgendeine Bedeutung?“

Als er antwortete, schaute ich kurz zu ihm. Er zeigte mit seinem Finger zuerst auf die Knöpfe der Jacke. „Ja, die sechs Knöpfe stehen für sechs Arbeitstage pro Woche und die hier“ – er zeigte auf die acht Knöpfe an der Weste – „symbolisieren den Acht-Stundentag, den ein Wandergeselle arbeiten soll.“

„Wahrscheinlich haben dann die Knöpfe an den Ärmeln auch eine Bedeutung?“

„Genau. Die einen drei stehen stellvertretend für drei Lehrjahre, die anderen drei für drei Wanderjahre.“

Ich schaute wieder auf die Strasse, fragte ihn aber weiter zu seinem auffälligen Ohrring.

„Und der Ohrring? Hat der auch eine Bedeutung?“

„Mit dem Ohrring zeigt man seine Zugehörigkeit zu einer Zunft. Ich gehöre dem Stand der Zimmerleute an. Deshalb sind bei mir ein Hammer, eine Axt, ein Winkel und eine Säge im Ring abgebildet. So ein Ohrring hat aber noch eine andere Bedeutung. Wenn ein Wandergeselle auf der Walz stirbt, wird damit sein Begräbnis bezahlt.“

Ich hegte Zweifel, ob mit so einem Ohrring wirklich alle Kosten einer Beerdigung beglichen werden konnten, was mein Begleiter sogleich korrigierte:

„Zumindest reicht es meistens für eine gute Anzahlung“, und erleichtert fügte er hinzu, „zum Glück habe ich auf meiner Wanderschaft noch keine Erfahrung mit so etwas machen müssen.“ Nach einer längeren Pause fügte er noch hinzu. „Sie kennen bestimmt den Ausdruck <Du Schlitzohr!> Der Begriff kommt ursprünglich von Wandergesellen, die sich Verfehlungen leisteten. Ihnen wurde dann kurzerhand der Ohrring aus dem Ohr gerissen. Somit hatte derjenige einen Schlitz im Ohr.“

Ich sprach ein „Interessant“ aus und versuchte das Gespräch in eine andere Richtung zu lenken.
„Wie lange sind Sie den schon unterwegs?“, wollte ich von ihm wissen.
„Oh schon lange.“ Er holte ein kleines Notizbüchlein aus seiner Jackentasche und blätterte darin. „Es sind genau 782 Tage.“
Wir hatten mittlerweile München hinter uns gelassen und befanden uns nun auf der A8 Richtung Rosenheim.
„Und wo waren Sie da schon überall?“
„Deutschland, Belgien, Frankreich, England, Nordamerika, Südamerika, Afrika und jetzt wieder Europa.“
„Da sind Sie ja schon weit gereist! Wo ist es denn am Schönsten?“
Er überlegte kurz und antwortete mir dann mit einem knappen, aber doch vielsagenden „Überall.“
Mehr wollte er mir dazu vorerst nicht sagen. Stattdessen blickte er aus dem Seitenfenster auf die herrliche Kulisse der bayerischen Alpen, die sich in etwa zwanzig Kilometer Luftlinie entfernt von uns erhoben. Ich konzentrierte mich auf den bevorstehenden Anstieg zum berüchtigten Irschenberg, der, als ich noch ein Kind war, schon damals vor allem in Winter nahezu täglich für Verkehrschaos sorgte, da durch die enorme Steigung immer wieder LKWs liegen blieben.
Mein Beifahrer löste sich aus seinen Gedanken und fing wieder zu erzählen an.
„Amerika war schon eine krasse Zeit. In Florida konnte ich einmal vier Monate an einer Hotelanlage mitarbeiten. Irgendwann gab es dort einen Alligatorenalarm. Ein Alligator war aus einem Gehege ausgebrochen und machte die Gegend unsicher. Drei Tage mussten wir die Arbeiten unterbrechen, bis das Viech wieder eingefangen war. Oder in Paraguay war ich mit zwei anderen Wandergesellen unter-

wegs. Das sorgte schon mal für Erstaunen. Manche dachten sogar, dass wir eine Heavy Metal Band auf Tournee sind. Das nicht gerade, aber wir schwitzten in der Kluft und bei der Wärme wie Rockstars."

„Gibt es denn Unterschiede in den einzelnen Ländern, wenn es darum geht, Arbeit zu finden?"

„Im Prinzip ist es überall gleich. Manchmal findet man gleich etwas, manchmal dauert es länger.

„Und, wo soll es jetzt noch überall hingehen?", wollte ich von ihm wissen.

„Ich will noch nach Osteuropa bis zum Schwarzen Meer, dann rauf ins Baltikum, weiter nach Skandinavien und dann über Dänemark zurück nach Hause."

Er fing zu Sinnieren an.

„Hm, <nach Hause> klingt irgendwie komisch. Jetzt bin ich schon über zwei Jahre unterwegs und werde noch etwa ein Jahr unterwegs sein. Wenn ich dann nach Hause komme, ist es dann noch das zu Hause, das ich einmal kannte? Ich weiss es nicht!"

Ich fügte noch hinzu „Ist besser so, wenn man es nicht weiss." und bog in die Zufahrt zum Rasthof Irschenberg ein.

Wenig später liess ich den Wandergesellen aussteigen und wünschte ihm eine gute Weiterreise. Er bedankte sich für die Mitfahrt, nahm seinen Wanderstock und das Stoffbündel und steuerte auf die Autos zu, die vor der Tankstelle warteten.

Ich blickte ihm noch kurz nach und dachte: „Bei all den modernen Autos und Gebäuden und den leger bis modisch gekleideten Reisenden fällt er mit seiner speziellen Kleidung doch auf. Eben wie jemand, der aus der Zeit gefallen ist."

15 Wer ist das langweiligste Bundesland?

Um eines gleich vorweg zu nehmen: Es ist nicht das kleine, unspektakuläre Bremen. Es ist auch nicht das etwas grössere, aber doch unscheinbare Saarland. Und es ist ebenfalls nicht die biedere Bundeskanzlerin-Angela-Merkel-Herkunftsregion Mecklenburg-Vorpommern. Nein, es ist ...
Doch lassen Sie mich von Beginn an erzählen. An einem kalten Herbstmorgen wartete ich auf einem kleinen, norddeutschen Parkplatz auf meine Mitfahrgelegenheit in den Süden. Der Raureif legte sich zart über die Grasspitzen der nahen gelegenen Wiese. Auch auf den Fensterscheiben der parkenden Autos hatte sich eine dünne Eisschicht gebildet. Erste Anzeichen für den bevorstehenden Winter. Die Autobahnabfahrt führte direkt am Parkplatz vorbei. Mein Fahrer konnte mich also gar nicht übersehen. Trotzdem erfaßte mich nicht nur ein leichtes Frösteln, wegen der schattenspendenden, zugigen Luft, sondern auch eine leichte Beunruhigung, da es schon eine viertel Stunde über der vereinbarten Zeit war und der Fahrer noch nicht da war.
Jetzt werden Sie sich denken: Warum, ruft der Typ, gemeint bin ich, nicht einfach den Fahrer an und fragt, was los ist? Den Anruf hätte ich auch gemacht, wäre da nicht mein leerer Akku gewesen. Ich hatte schlichtweg vergessen, den Akku meines Smartphones aufzuladen. Also wartete ich und hoffte einfach, dass mein Fahrer schon noch kommen würde. Bisher hatten meine Mitfahrten ja auch immer geklappt. Immerhin wußte ich, dass ich auf einen grauen Kombi mit Waiblinger Kennzeichen achten sollte, der ziemlich beladen sein mußte.

Die Autobahnausfahrt war nicht hoch frequentiert. Nur tröpfchenweise, wobei zwischen den Tröpfchen beziehungsweise Autos lange Unterbrechungen waren, fuhren die Fahrzeuge an mir vorbei. Ein roter Mittelklassewagen, der seine besten Zeiten hinter sich hatte. Ein schwarzer Oberklassewagen, der zu einem Geschäftsmann mit Anzug gehörte. Ein osteuropäischer Sattelschlepper, der sich mit dem Schleppen des Aufliegers schwertat. Ein neuwertiger Kleinwagen mit ausgefallenem Farbdesign. Ein leerer Kiestransporter. Ein sauber gewaschener LKW, dessen abgebildete Früchte Appetit machten. Ein grauer Kombi, der den Parkplatz und somit mich links liegen ließ. Mein Fahrer ließ also auf sich warten. Ich machte mir, trotz Kälte, warme Gedanken.

Jetzt fuhr ein vollbeladener, schwarzer Kombi mit Hamburger Kennzeichen um die Kurve. Wieder nicht mein Fahrer. Der hatte ja einen grauen Kombi mit Waiblinger Kennzeichen. Der schwarze Kombi bog auf den Parkplatz ein. Ein junger Fahrer saß am Steuer. Auf dem Profil im Internet hieß es, dass der Fahrer 26 Jahre alt sei. Vielleicht war er es ja doch, dachte ich. Er parkte den Wagen neben mir, stieg aus, und stellte sich mit einem freundlichen Lächeln als Markus vor. „Du fährst mit mir nach Waiblingen", meinte er. „Genau", sprach ich. „Freut mich", sagte er. „Ja, mich auch", sagte ich.

Ich versuchte ihn anhand seines Aussehens und seiner Kleidung beruflich einzuordnen. Mein erster Gedanke war, dass er aufgrund seiner ordentlich, kurzgeschnittenen Haare, die sich adrett um sein Haupt legten und seiner unspektakulären Kleidung, die aus einem einfachen Poloshirt und einer gewöhnlichen Jeanshose bestand, ein Student im Endstadium, äh ich meine natürlich ein Student am Ende der Studienzeit, sein könnte. Er könnte aber auch vor wenigen

Jahren eine kaufmännische Ausbildung gemacht haben und jetzt bei einer biederen Krankenkasse im Büro arbeiten. Dies brachte mich zu der grundlegenden Fragestellung, ob man es jemanden ansieht, ob er ein Student, ein Angestellter, ein Techniker, ein Bauarbeiter, oder anders gefragt, ob jemand ein Theoretiker oder ein Praktiker ist. Natürlich gibt es da Hinweise. Ein junger Kerl mit einer gesunden Gesichtsbräune und kräftigem Körperbau wird wahrscheinlich eher auf dem Bau, als im Büro arbeiten. Bei einem blassen Jüngling mit schlankem Körperbau – meistens sind junge Männer zu Beginn eines Bürojobs noch schlank, das ändert sich dann nach Jahren einer sitzendenden Tätigkeit häufig – dürfte es eher umgekehrt sein. Bei einem jungen Erwachsenen mit langen Haaren dürfte die Sache klar sein: Entweder Sozialarbeiter, Zivildienstleistender, was neuerdings nicht mehr so, sondern Bundesfreiwilligendienstabsolvent heißt, oder Aussteiger. Nun, Markus ordnete ich als Student ein, der bald mit seinem Studium fertig sein dürfte. Das ich mit meiner Einschätzung richtig lag, stellte sich im Verlauf der Fahrt heraus.

Markus entschuldigte sich ausgiebig, dass es länger gedauert hatte, da er kurzfristig das Auto wechseln musste, samt Umladen der Umzugssachen. Er bedauerte auch, dass er mich nicht erreichen konnte, wobei ich ihm dann mitteilte, dass dies mein Fehler war, da ich vergessen hatte, den Akku zu laden. Nun, da wir unsere Missverständnisse geklärt hatten, versorgte er meinen kleinen Rollkoffer irgendwo im Auto, wo noch eine kleine freie Stelle frei war und wir fuhren los. Auf der Autobahn war wie fast immer auf deutschen Autobahnen viel Verkehr, aber wir kamen trotzdem gut voran. Der übliche Informationsaustausch zwischen Fahrer und Mitfahrer fand statt. Wir fragten uns gegenseitig, was der andere so macht, warum wir diese Fahrt mach-

ten, was uns in die jeweilige Stadt oder Region verschlug, wo wir gerade wohnten, und vieles mehr. Ich erfuhr von Markus, dass er ein Studium im Nachhaltigkeits- und Qualitätsmanagement beendet hatte und in ein paar Monaten bei einer Unternehmensberatung mit Schwerpunkt Nachhaltigkeit anfangen konnte. Wir vertieften unser Gespräch über nachhaltiges Handeln und stellten im weiteren Verlauf fest, dass wir in vielen Bereichen vom Umweltschutz, über faire Arbeitsbedingungen in Billiglohnländern bis hin zum vernünftigen Umgang mit Lebensmitteln Gemeinsamkeiten hatten. Irgendwann hatten wir alles über Nachhaltigkeit besprochen und schwiegen. Im Radio lief Musik, die auf den Mainstream ausgerichtet war. Als wir gerade kein Gesprächsthema hatten und Markus die Musik auf den Geist ging, verstellte er den Sender und suchte eine bestimmte Talksendung, von der er gehört hatte, dass dort immer über interessante Themen gesprochen wurde. Nach einigem Suchen war der entsprechende Sender schliesslich gefunden und wir lauschten den Stimmen im Radio.
Zwei Moderatoren diskutierten in einer lockeren, humorvollen Art über Eigenheiten von deutschen Bundesländern. Mir war schnell klar, dass früher oder später auch über Bayern gesprochen werden würde, da von jeher viele dem Freistaat im Süden eine Sonderrolle im bundesrepublikanischen Staatenbund zusprachen. Aufgrund meiner Herkunft aus Bayern interessierte es mich aber auch persönlich, was norddeutsche Radiomoderatoren über Bayern dachten.
Nachfolgend versuche ich den Diskurs der beiden Moderatoren so wiederzugeben, wie ich ihn in Erinnerung habe. Hierzu noch ein Hinweis zu den beiden Moderatoren, die ich für die nächsten Zeilen der Einfachheit halber nur M1 und M2 nenne. Wie bei fast jedem Duo, das sich irgendwo präsentiert, fällt dem einem Part eher die Rolle des Gesprä-

chigen, des Lustigen, des Vorlauten, des Polternden, des leicht zur Überheblichkeit Neigenden zu. Das Gegenüber ist dann meist das Gegenteil. Also eher nachdenklich, mehr zuhörend, bedachter usw. Diese zwei Gegenpole trafen weitgehend auch auf die zwei Herren aus dem Radio zu, wobei M1 die zuerst genannten Eigenschaften erfüllte und M2 die zuletzt genannten.

M1 „Für mich müsste eigentlich Hamburg mit seiner Weltoffenheit, mit seiner wirtschaftlichen Dynamik und seinem Charme die eigentliche Hauptstadt Deutschlands sein und nicht Berlin. Und überhaupt hat Hamburg den gepflegteren Dialekt."
M2 „Ehre, wem Ehre gebührt."

Ein Jingle ertönte: <Hier ist der echte Norden, Schleswig-Holstein>.

M1 „Tja, der Norden ist halt doch am besten."
M2 „Welches Bundesland magst du den am wenigsten? Bestimmt Bayern, oder?"

Nun hätte ich als Zuhörer, der aus Bayern kommt, darauf wetten können, dass er jetzt auch Bayern sagt. Doch es kam anders.

M1 „Nein, nicht Bayern! Wobei die natürlich schon sehr speziell sind. Die wollen sich doch immer wieder mal vom Rest der Republik lösen. Ja, manch einer von denen träumt immer noch von einem König. Also einem unabhängigen Königreich Bayern (es folgte ein übertriebener Lacher). Sollen sie doch. Es hält sie keiner."
M2 „Und wie findest Du Baden-Württemberg?"

M1 (belustigt) „Ah, Du meinst den Volksstamm bei denen das erste Wort eines Neugeborenen nicht Mama oder Papa, sondern Bausparvertrag ist (beide lachen)? Naja, Baden-Württemberg ist ja ganz okay, aber halt auch nicht gerade der Nabel der Bundesrepublik."

Der Jingle <Hier ist der echte Norden, Schleswig-Holstein> wird wieder eingespielt.

M2 „Neulich war ich in Sachsen. Die haben es auch nicht leicht. Das fängt ja schon mal bei Dialekt an. In Umfragen zum beliebtesten deutschen Dialekt heißt es nahe-zu regelmässig, dass Sächsisch der unbeliebteste Dialekt ist."
M1 (versucht sich im sächsischen Dialekt) „Nu Gugge ma, das häddi ober ni gedacht."
M2 „Und dann kommt ja gerade aus Sachsen eine Bewegung, die sich PEGIDA nennt. Vielleicht hast du schon mal davon gehört!"
M1 „PEGIDA? Na klar, das steht doch für Permanent ewig Gestrige inklusive dilettantischer Ansichten."
M2 „Wie wahr, wie wahr!"

Die beiden Moderatoren machen eine kurze Sprechpause. Es scheint, als habe sie PEGIDA aus dem Konzept gebracht. Der Jingle <Hier ist der echte Norden, Schleswig-Holstein> wird wieder eingespielt. Das Gespräch geht weiter.

M2 „Komm, lass uns über angenehmere Dinge sprechen."
M1 „Genau! Wo waren wir eigentlich stehen geblieben?"
M2 „Schöne und weniger schöne Bundesländer!"
M1 „Ach, ja!"
M2 „Was ist denn für Dich das langweiligste Bundesland?"

M1 (überlegt kurz) „Das langweiligste Bundesland ist für mich – Niedersachsen."
M2 (fragt irritiert) „Aha, wieso das?"
M1 „Naja, erstens gibt es in Niedersachsen gar keinen richtigen Dialekt."
M2 „Und zweitens?"
M1 „Zweitens ist Niedersachsen gar nicht Norddeutschland, wie oftmals behauptet wird."
M2 „Aber ein Teil von Niedersachsen grenzt doch an die Nordsee!"
M1 „Nur weil man an etwas grenzt, das irgendwie mit Norden zu tun hat, heißt das noch lange nicht, dass man zum Norden gehört."
M2 (ironisch) „Klar, und weiter?"
M1 „In Niedersachsen ist nichts los. Es gibt das keine wirklichen Grossstädte."
M2 „Aber Hannover hat schon einige hunderttausend Einwohner."
M1 (gespielt entrüstet) „Was sind schon ein paar wenige hunderttausend Einwohner gegen eine pulsierende Millionenstadt wie Hamburg?"
M2 „Hannover hat doch auch was zu bieten. Internationale Messen, einen Flughafen, einen Zoo."
M1 (spöttisch) „Also Hartenholm, da wo ich herkomme, hat auch einen Zoo und einen Flughafen. Naja, eher einen Flugplatz."
M2 (ironisch) „Wie viele Einwohner hat nochmal Hartenholm?"
M1 (zögerlich) „So 1500!"
M2 (lacht) „Alles klar! Kommt alle nach Hartenholm. Hier steppt der Bär!"

M1 und M2 lachen.

M2 „Zurück zu Niedersachsen. Also mit Hannover hast du es nicht so! Aber Wolfsburg, das hat doch auch etwas zu bieten!“
M1 „Wolfsburg kennt man doch nur wegen VW. Wären die nicht hier ansässig, wäre Wolfsburg so unscheinbar wie eine graue Maus.“
M2 „Und Braunschweig, immerhin die zweitgrösste Stadt Niedersachsens.“
M1 „Aber mal ehrlich! Braunschweig, das klingt doch schon komisch. Irgendwie ist da für mich alles braun und das müssen schon recht schweigsame Leute dort sein. Nicht um sonst heißt es ja, B r a u n s c h w e i g.“

M1 und M2 (lachen) Der Jingle <Hier ist der echte Norden, Schleswig-Holstein> wird wieder eingespielt.

M1 „Aber mal im Ernst. Es ist schon ziemlich schräg. Obwohl für mich Niedersachsen das langweiligste Bundesland überhaupt ist, werde ich bald dorthin ziehen.“
M2 „Na dann wünsche ich Dir viel Spass im langweiligsten Bundesland.“
M1 (spöttisch) „Danke! Schön, dass ich so verständnisvolle Kollegen habe.“
M2 „Also, ich halte für unsere Zuhörerinnen und Zuhörer nochmals fest: Den wahren Norden in Deutschland gibt es nur in Schleswig-Holstein. Nicht Berlin, sondern Hamburg sollte die eigentliche Hauptstadt unseres Landes sein. Das erste Wort von Neugeborenen in Baden-Württemberg ist Bausparvertrag. Die Bayern waren schon immer ein Völkchen für sich und werden vom Rest nur geduldet und den unvorteilhaftesten Dialekt haben die Sachsen.“

WIR SIND DER ECHTE NORDEN!
WIR SOLLTEN HAUPTSTADT SEIN, NICHT BERLIN.
SCHLESWIG-HOLSTEIN
HAMBURG
BERLIN
HALLO LIEBE BAYERN. WOLLEN WIR EINEN DEAL MACHEN? WIR SCHLIESSEN UNS EUCH AN DANN WERDET IHR GRÖSSER UND WIR ERHALTEN VON EUCH DEN SCHÖNEREN DIALEKT.
SACHSEN
BAYERN
~~PAPA~~, ~~MAMA~~, BAUSPARVERTRAG
MIA SAN MIA!
BADEN-WÜRTTEMBERG

M1 (gespielt anerkennend) „Besser hätte ich es nicht zusammenfassen können."

M1 und M2 lachen

M2 „Jetzt hat Deutschland natürlich noch mehr Bundesländer, als die eben genannten. Doch, um ein Statement dafür abzugeben reicht die Zeit nicht mehr."
M1 „Genau! Wir sind nämlich am Ende unserer Sendezeit. Aber laßt mich noch eines zu Niedersachsen sagen. Zeigt es mir, dass ihr nicht die Langweiligsten seid."
M2 (ironisch) „Amen."

Markus, mein Fahrer, meinte zu mir schmunzelnd: „Interessante Analyse der beiden", und verstellte den Sender. Ich erwiderte: „Wenigstens kam Bayern einigermassen glimpflich davon."
Den Rest der Fahrt verbrachten wir weitgehend schweigend. Markus auf den Autobahnverkehr konzentriert und ich halb dösend, halb wach, auf dem Beifahrersitz sitzend. Nach einigen Stunden Fahrt ließ mich Markus in Bietigheim-Bissingen aussteigen, da dort die bessere S-Bahn Verbindung nach Stuttgart und weiter in die Schweiz bestand und ich setze die restliche Reise mit dem Zug fort.

16 Echte und unechte Liebespaare

Wenn eine Person eine andere Person liebt und umgekehrt, bilden sie ein Liebespaar. So weit, so gut. Ob die beiden Verliebten zum Zeitpunkt des Verliebens einen kleinen oder grossen Altersunterschied haben, spielt dabei erstmal keine Rolle. Es zählt allein das Verliebtsein, die Schmetterlinge in Bauch, das beglückende Gefühl, man schwebe auf Wolke sieben durch den Alltag. Wobei, das Wort <Alltag> existiert für frisch Verliebte gar nicht. Jeder Tag, jede Stunde, jede Minute ist für sie ein Fest nie enden wollender Glücksgefühle, eine Ode an die Freude, ein traumtänzerisches Durchschweben der Zeit und eine rosarot ausgemalte Kulisse einer sorgenfreien Zukunft, auf der dunkle Flecken fehl am Platz sind. Das ist jenes Verliebtsein, das wir alle kennen, sofern wir schon einmal richtig verliebt waren. Was juckt da schon ein kleiner oder grosser Altersunterschied? Oder haben Sie ihren Partner bereits beim ersten Date gefragt, wie alt sie oder er ist! Wahrscheinlich nicht. Wenn Sie aber doch gefragt hätten und ihr Gegenüber hätte geantwortet, er wäre acht Jahre älter oder jünger als sie – wenn er überhaupt und dann noch ehrlich geantwortet hätte – hätten Sie dann die Liebesbeziehung abgelehnt mit dem Hinweis, dass der Altersabstand zu gross wäre. Wahrscheinlich wieder nicht.

Meistens suchen und finden sich Verliebte, die später ein Paar werden, sowieso in einem ähnlichen Alter. Dass diese Konstellation die Regel ist, heißt aber auch, dass es bei manchen Paaren Ausreisser beim Altersunterschied gibt. Die einen sind über fünf, die anderen über zehn und wieder andere über 15 Jahre auseinander. Kein Problem! Wo eben

die Liebe hinfällt. Mein Paar, von dem ich eigentlich erzählen möchte und von dem ich bis heute nicht weiß, ob sie nun ein (Liebes)Paar sind, oder doch nur Vater und Tochter, wäre jedenfalls, von den Paaren, die ich bisher kenne, Spitzenreiter im Altersunterschied - abgesehen von Heesters und Rethel, die einen Unterschied von 46 Jahren hatten, welche ich aber nur aus der Zeitung kannte.
Aber lassen sie mich von Beginn an erzählen. Ich suchte wieder mal eine Mitfahrgelegenheit in die Schweiz. Tatsächlich bot für den gewünschten Tag und ab dem gewünschten Ort eine Frau eine Mitfahrt an. Sie hieß Claudia und war 26 Jahre alt, zumindest stand es so in ihrem Internetprofil. Nachdem ich ihre Handynummer bekam, rief ich sie an und wir vereinbarten, dass wir uns auf dem Parkplatz vor einem McDonalds treffen. Ein Freund fuhr mich dort hin und weil wir zu früh dran waren – mein Freund ist immer zu früh dran – legten wir uns in die vor kurzem aufgestellten knallig bunten Liegestühle. Leider war keine exotische Bedienung da, die uns einen noch exotischeren Cocktail brachte. So räkelten wir uns also in den schon erwähnten Liegestühlen und warteten auf meine Fahrerin. Ich wußte von ihr nur, dass ihr Auto ein Schweizer Kennzeichen hatte. Da sich soweit östlich nach Bayern eher weniger Schweizer verirrten, sollte es nicht schwierig sein, sie und ihr Auto zu erkennen.
Schon bald darauf fuhr ein Auto mit CH-Kennzeichen auf den Parkplatz. Mein Interesse für das Auto und wer hinter dem Steuer saß, war geweckt. Ich mußte meinen bequemen Liegestellung verlassen und reckte meinen Kopf nach oben. Statt einer jungen Frau sah ich einen südländisch aussehenden Mann am Steuer. Daneben saß eine Frau mit Kopftuch. Auf der Rücksitzbank konnte ich die Gesichter von zwei Kindern erkennen. Das war definitiv nicht meine

Fahrerin, dachte ich und legte mich wieder in den Liegestuhl. Weitere Autos fuhren auf den Parkplatz, aber sie hatten alle kein CH-Kennzeichen. Stattdessen war unter ihnen eine nobel aussehende Limousine dabei, die ein dekoratives Blumengesteck auf der Motorhaube hatte. Sitzt da wirklich ein Brautpaar in dem Auto, das für den Hunger zwischen durch zum McDonalds fährt, dachte ich über das ungewöhnliche Paar bei der Schnellimbisskette. Eine Brautentführung war es jedenfalls nicht, weil der Bräutigam höchst persönlich dabei war. Und tatsächlich, kurz darauf stand das Paar mit je einem weichen Brötchen, zwischen das ein Fleischstück eingeklemmt war, neben der Nobelkarosse und sie bissen lustvoll hinein.

Ich ließ das Paar ihren Hunger stillen und versank wieder in meinen Liegestuhl. Weitere Autos fuhren auf dem Parkplatz. Protzig Grosse, schnuckelig Kleine, biedere Mittelklassewagen, Schwarze, Graue, Weisse, Blaue, Rote und alle mit deutschem Kennzeichen. Da! Ein weisser Golf mit CH-Kennzeichen lenkte auf den Parkplatz. Ich reckte meinen Kopf, um genauer zu sehen, wer hinter dem Steuer saß. Es war ein älterer Mann. Das war wieder nicht meine Mitfahrgelegenheit, da ich eine junge Frau als Fahrerin erwartete. Moment! Neben dem Mann saß eine junge Beifahrerin, Mitte zwanzig. Ihr Alter würde zum Profil, das mir im Internet angezeigt wurde, passen, aber sie war nicht die Fahrerin. Ich war kurzzeitig verwirrt, entschloss mich aber dann, die Insassen zu fragen, um meine Verwirrung zu klären. Der Golf hielt an und der Fahrer stieg aus. Er sah mich auf sein Auto zugehen.

„Bist du unser Mitfahrer?", sprach er mich an. Vor mir stand ein schlanker Mann mit vollem silbrigem Haar und Falten im Gesicht. Ich schätzte ihn auf Mitte Fünfzig.

„Genau", antwortete ich.

HAST RECHT, SCHATZ! ES GEHT DOCH NICHTS ÜBER EINEN SAFTIGEN BURGER!
DAS ESSEN IM GASTHAUS WAR JA DIE REINSTE KATASTROPHE. KEIN GESCHMACK, VIEL ZU PAMPIG UND VIEL ZU WENIG!
JUST MARRIED

„Ich bin Viktor."
„Ich bin Peter."
Wir gaben uns die Hand.
„Hallo Viktor."
„Hallo Peter."
Während der Begrüßung lächelte er mich weltmännisch an. Er nahm mein Gepäck und verstaute es im Kofferraum. Ich verabschiedete mich von meinem Freund.
In dem Moment kam noch eine weitere Person, die mitfuhr. Ich ging zur rechten hinteren Tür und wollte meinen gewohnten Mitfahrplatz einnehmen.
„Peter", hörte ich meinen Fahrer rufen, „Du nimmst am besten hinter mir Platz, da Georg grösser ist und rechts mehr Beinfreiheit hat."
Ich wollte bereits Einwand erheben und meinen Spleen erläutern, warum ich gerne hinten rechts sitzen würde, doch erstens wäre es unhöflich gegenüber meinem Fahrer gewesen und zweitens sah ich ein, dass die längeren Beine meines Mitfahrkollegen hinter dem Beifahrersitz mehr Beinfreiheit hatten. Ich fügte mich also der Weisung meines Fahrers und saß für die nächsten vier Stunden ausnahmsweise hinten links.
Als wir alle im Auto saßen, stellte sich uns die Beifahrerin mit Namen Claudia vor. Mehr Infos zu ihrer Person teilte sie uns nicht mit. Sie hatte eine modische Kurzhaarfrisur und ein hübsches Gesicht. Ich schätzte ihr Alter auf Mitte Zwanzig. Sie war also die Person, die sich im Internetprofil als Fahrerin ausgab. Dies war insofern ungewöhnlich, da es bisher immer so war, dass die Person, die sich im Profil als Fahrer ausgab auch tatsächlich der Fahrer war. Egal, jetzt war eben Viktor der Fahrer, aber ich hatte meine Mitfahrt gefunden. Wir fuhren los.

Während der Fahrt unterhielt ich mich meistens mit meinem Mitfahrkollegen Georg. Von Claudia bekam ich mit, dass sie am Flughafen in Zürich arbeitete. Viktors Tätigkeit ist mir bis heute schleierhaft, da er wenig sprach und das, was er sprach, sagte er leise. Durch das laute Fahrgeräusch bekam ich seine Worte nicht mit.
Viktor war ein sicherer Fahrer und hatte sein Auto im Griff. Er hatte nicht nur sein Auto, sondern auch seine Beifahrerin insofern im Griff, dass er immer wieder mal mit seiner rechten Hand über ihr linkes Bein strich. Für mich war das ein deutlicher Beweis einer Liebesbekundung seinerseits, aber auch ihrerseits, da sie es zuließ.
Damit ich hier nicht falsch verstanden werde: Gegen Liebesbekundungen oder gegenseitige Zuneigung eines Paares kann niemand etwas haben und habe auch ich nichts. Ein Paar, das sich gerne hat, darf dies auch zeigen. Ob er seinen Arm um ihre Hüfte legt, ob sie Händchen halten, ob sie sich liebevoll umarmen oder ob sie sich küssen. Alles ist erlaubt. Doch genau hier ist der Haken, was meinen Fahrer und seine Beifahrerin betrifft. Im Laufe der Fahrt, in der wir auch zwei Pausen einlegten, stellte sich heraus, dass die beiden, außer der schon erwähnten Berührung am Bein, keine andere Liebesbekundung machten. Kein Händchen halten, keine Umarmung, kein Kuss. Nichts dergleichen. Stattdessen verhielten sie sich so, als wären sie doch Vater und Tochter, bis eben auf seine zärtliche Berührung ihres Beines. Die Vater-Tochter-Theorie wurde dadurch noch verstärkt, da sie einen Altersunterschied von mindestens 30 Jahren hatten, was für ein Liebespaar eher ungewöhnlich ist. Da war sie wieder, meine Verwirrung. Waren sie nun ein Liebespaar oder doch Vater und Tochter? Ich weiß es bis heute nicht.

Danke

Zum Schluss möchte ich die Gelegenheit nutzen, mich bei einigen Personen zu bedanken, die zum Gelingen dieses Buches beigetragen haben.
Die Zusammenarbeit mit Laura Pierquin war auch dieses Mal wieder wunderbar. Von Laura stammen alle Illustrationen. Danke Laura, dass es Dir gelungen ist, die Illustrationen so anzufertigen, wie ich sie haben wollte.
Die beiden Personen auf dem Cover sind meine Schweizer Freunde Peter und Kurt. Danke, dass Ihr Euch für das Foto zur Verfügung gestellt habt.
Den größten Dank möchte ich meinem besten Freund Bernd zukommen lassen. Bernd, wir kennen uns schon sehr lange und ich kann mich immer auf Dich verlassen. Auch dieses Mal hast Du mir wieder sehr geholfen, beim Korrekturlesen, beim Titelvorschlag, mit Verbesserungsvorschlägen und mit Deiner objektiven Rückmeldung. Danke für Deine Freundschaft.

Angaben von Webadressen zu Mitfahrgelegenheiten
(keine Gewähr auf Vollständigkeit)

www.blablacar.de

www.bessermitfahren.de

www.fahrgemeinschaft.de

www.mitfahren.de

www.flinc.org

www.mifaz.de

www.pendlerportal.de

Herstellung und Verlag:
BoD – Books on Demand, Norderstedt
ISBN: 978-3-7504-8770-3